藏書

珍藏版

中华成語故事

赵文博 主编

陆

辽海出版社

五马分尸

典出《战国策·秦策》：卫鞅亡魏入秦，孝公以为相，封之于商，号曰商君。……孝公行之八年，疾且不起，欲传商君，辞不受。孝公已死，惠王代后，执政有顷，商君告归。……商君归还，惠王车裂之。

秦孝公一见卫鞅得了西河，打了个大胜仗，就封他为侯，把商于（在河南省浙川县西）一带十五座城封给他，称他为商君。卫鞅就叫商鞅了。

商鞅谢恩回来，非常得意。家臣们和亲友们都向他庆贺。有的说，秦国能够这么富强，全是他的功劳；有

监渊羡鱼

的说，他是自古以来最出名的改革家；有的说，他改变了土地制度，真了不起；有的说，他压住了贵族，实行连坐法，哪一件不是大事情。大伙儿你一言、我一语，说得商鞅心里挺舒服。他挺自傲地问他们："我比五羊皮大夫怎么样？"大伙儿都奉承着他，说："他哪儿比得上你呢？"其中有位门客，叫赵良，听了这些话，实在忍不住了，大声地说："你们都在商君门下吃饭，怎么不替他担点心事，反倒胡说入道，一味地奉承他！"大伙儿听了，不敢出声。商君有点不高兴，在他发光的脸上浮上一层怒气，问他："先生有什么话要说？"赵良说："您要知道一千个人瞎称赞，不如一个人说真话。要是您不见怪的话，我就说给您听听。"商鞅挺会拢络门客，立刻改了样儿，挺恭敬地说："俗语说，'良药苦口'，请先生指教。"

赵良一想，要说就说个透，要骂就骂个够。他挺郑重地对商鞅说："您说起五羊皮大夫，我就把他跟您来比一下吧。百里奚在楚国给人看牛，秦穆公知道了，想尽法子，请他来当相国。您呢？三番两次地托个小人景监给您介绍。百里奚得到了秦穆公的信任，就推荐别人。百里奚当了六七年相国，一连三次平定晋国的内乱，中原诸侯个个佩服，西方的小国都来归附。您呢？冤了朋友，夺了西河，只讲武力，不顾信义，谁还能诚心诚意地相信您？百里奚处处替老百姓着想，减轻兵役，不乱用刑罚，叫老百姓能够安居乐业。您呢？把老百姓当作奴隶，拿最严厉的刑罚管理老百姓。百里奚自己平生活非常俭朴，出去的时候不用车马，夏天在太阳底下走，也不打伞。您呢？每逢出去的时候，车马几十辆卫兵一大队，前呼后拥，吓得老百姓来不及躲。百里奚一死，全国男男女女痛哭流涕，好像死了自己的父亲。您呢？把太子的师傅公子虔割了鼻子，在太师公孙贾脸上刺了字，一天之中杀了七百多人，连渭河的水都变红了。上上下下，哪一个不恨您，说句不中听的话，他们恨不得您早点死呢。别人一味地奉承，我可真替您担心哪。”

商鞅听了这番话，一句话也没说，跟着叹了口气，说：“我这么为秦国尽心竭力地打算，怎么反倒叫人家都怨恨起来？这是什么道理？”赵良说：“我知道您替老百姓打算，可是您的办法很不妥当。您有两个最大的毛病：第一、您光是说服了国君，得到他一个人的信任，可是没有别的人来帮助您；第二、只管替老百姓打算，不管人家愿意不愿意，就推行新法，可不许老百姓替自己打算。老百姓就算得到了好处，他们不但不感激您，还都怨恨您。您自以为事事都替老百姓着想，其实，您的心目中连一个小民也没有。”商鞅插嘴说：“他们知道什么？”赵良说：“您以为用不着听从老百姓的意见。老实说吧，自古以来，没有一个国君或是一个大臣单凭着自己的威力，违反老百姓的意志，能够成功的。俗语说，‘顺天者昌，逆天者亡’。这句话一点也不错。违反了老百姓的意志，就是违反天意。违反了天意，没有不失败的。‘天’是什么啊？天没有耳朵，他凭着老百姓的耳朵来听；天没有眼睛，他凭着老百姓的眼睛来看。我看着上上下下的人都怨恨您，就知道天也怨恨您。为这个，我非常替您担心。为什么您还不快点推荐别人来代替您呢？要是您现在能够立刻回头，安分守己地去种地，也许能够保全您自己的生命。”商鞅听了赵良这些话，心里头闷闷不乐。可是他哪舍得把大权交给别人？种地也得有福分哪！

公元前 338 年（周显王三十一年，秦孝公二十四年），秦孝公得了重病。他想把君位传给商鞅，商鞅怎么也不肯接受。秦孝公一死，太子驷即位，就是秦惠文王。他做太子的时候，为了反对新法，被商鞅给定了罪，割去了公子虔的鼻子，又在公孙贾脸上刺了字。如今太子当上了国君，公子虔和公孙贾他们就得了势。这一帮人都是商鞅的冤家对头。以前的仇恨可得清算一下。秦惠文王就加了个谋叛的罪名，下令逮捕商鞅。

商鞅打扮成一个老百姓，打算跑到别国去。他到了函关（在河南省灵宝县南），天黑下来了，只好上一家客店去住。客店老板要检查凭证，商鞅可交不出来。老板说："你这位客人真不明白。商君下过命令，不准我们收留没有凭证的人。我要是收留你，我的脑袋可就保不住了。"商鞅一听，这可真是"哑巴吃黄连"——有苦说不出。

当天晚上，他不能住店，不过给他混出了函关，连夜逃到魏国。魏惠王恨他当初欺骗了公子卬，夺去了西河，正想抓他，好报当年的仇。商鞅这才觉得这么大的天下，容不下他这么一个人。他又跑回商于。秦惠文王立刻发兵转住商于，把商鞅活活地逮住，用最残酷的刑罚把他弄死。有的说，他的身子是叫车马撕开的。有的说，他的脑袋和两只手两只脚上各拴上一匹马，有五个人往五个方向打马，那五匹马分头一跑，商鞅的身子就这么扯成五六块。这就叫"五马分尸"。商鞅自己被弄死了不算，全家还灭了门。

五马分尸是一种极其残酷的刑罚，商鞅推行变法，立下不小的功劳，在历史上也有很深的影响，但他自己却没有处理好多方面的关系，因而得到了一个走投无路的结局。

洗垢索瘢

典出《后汉书·赵壹传》：所好则钻皮出其毛羽，所恶则洗垢求其瘢痕。

东汉年间，有一个名士叫赵壹，字元叔，汉阳西县（今湖北宣城）人。他身长9尺，须眉漂亮，形象壮伟。但是，他恃才傲物，容易得罪人，经常受到打击和迫害。幸亏友人搭救，才免于一死。他虽然有才气，在当时也颇有名声，但只做过郡吏之类的小官，很不得意。

赵壹写过一篇《刺世疾邪赋》，以发泄他对于不合理的社会制度的强烈不满情绪。他认为，德政解救不了世道的混乱，赏罚也澄清不了社会的污浊。春秋时期就是祸乱、腐败的开始，战国时代更增添了残酷与狠毒。无论是秦朝，还是汉朝，在本质上是一样的，只是越来越变得天怒人怨了。众多的势利小人残害百姓的生命，以使自己的利益得到满足。阿谀奉承的风气越演越烈，刚直不阿的品格却日渐消亡。溜须拍马的人，做高官，乘骏马；而一身正气的贤良之士，却地位低贱，只能步行。

奸佞之徒得意忘形，飞黄腾达；而正直之士却遭受冷落，默默无闻。

赵壹指出，这是因为执政的人缺乏贤德。只要他们认为好，哪怕是一张破烂的皮子，也钻破皮子让它从里边长出华美的羽毛；如果他们认为坏，就千。方百计地洗掉污垢，拚命找出瘢痕。

“洗垢索瘢”就是从这个故事来的。它的意思是洗掉污垢，寻找瘢痕。人们用它形容故意挑剔，搜求他人的过失。

下马作威

典出《汉书·序传》：定襄闻伯素贵，年少自请治剧，畏其下车作威，吏民悚息。

西汉有个叫班伯的少年，家世显贵，常出入宫中；很受皇帝的信任。

当时，定襄石、李两家大姓对抗朝廷，捕杀地方官吏，弄得定襄一带人心惶惶。班伯正准备出使北方的匈奴，听到此事，主动向皇上请求去定襄做太守。

定襄的豪绅大姓听说来了一位年少气盛的新太守，料定他走马上任初期，要雷厉风行，大抓大杀，显示一下威风（“定襄闻伯素贵，年少自请治剧，畏其下车作威，吏民竦息”）。因此，他们把犯了罪的人藏起来，然后静静地观看。

下马作威

班伯首先请来了当地的豪绅大姓，对他们客气地说：“在座的都是父兄师父，今后有什么事，还需要大家鼎力支持。班伯一人治理不好定襄，也不打算在定襄呆得太久。定襄是在座诸位的，要治理好也是诸位的事。我这次来，只同大家交上朋友。”说完，班伯对年长的行了儿、孙礼。从这以后，班伯果然不问定襄的事，日日广交朋友。久而久之，他结交了不少的人，逐渐了解到那些犯法的人匿藏在何处。于是；班伯召集民吏，分头捕获，不到十天，郡中震动。定襄很快恢复了秩序。

后人将此典概括为“下马威”，指新官上任，装腔作势地显示威风。

燕王好乌

典出《郁离子》：燕王好乌，庭有木，皆巢乌，人无敢触之者，为其能知吉凶而司祸主也。故凡国有事，惟乌鸣之听。乌得宠而矜，客至则群呀之，百鸟皆不敢集也。于是，大夫国人咸事乌。乌攫腐以食，腥于庭，王厌之。左右曰：“先王之所好也。”一夕，有鸱止焉，乌群睨而附之，如其类。鸱入宫，王使射之，鸱死，乌乃呀而啄之，人皆丑之。

燕国国王爱好乌鸦，庭院里种植的树木，都被乌鸦筑上巢窝，人们没有一个敢触犯它们的，这是因为乌鸦能够预知吉凶而掌管祸福的缘故呀。因此，凡是国家有事，只依靠听乌鸦的叫声做决断。乌鸦因为得到宠爱而矜骄倨傲，有什么鸟飞来，它们就群起而攻之，所以百鸟都不敢停集在这里。于是，国内的人和士大夫们都恭恭敬敬地侍奉乌鸦。

乌鸦喜欢抓取腐烂的动物尸体吃，弄得国王庭院里腥臊恶臭，国王很讨厌这一点，左右官员们却对国王说："乌鸦是开国祖先所喜爱的呀！"

一天晚上，有一只猫头鹰栖止在庭院里，乌鸦都侧目而视，并去靠近依附，像它的同类一样。猫头鹰飞进宫殿大声号叫，国王命令弓箭手去射它，猫头鹰被射死了，乌鸦便张口叫着去啄食它的肉，人们都耻笑猫头鹰愚蠢。

这是一幅辛辣的讽刺画。"乌鸦群"比喻朝中奸佞权臣。他们由于善于玩弄权术和诈术，骗取国王的宠爱和信任，因而能在朝中陷害忠良、为所欲为。尤其是可怕的是，他们有时还能乔装打扮，把自己改扮成忠良的模样，混在勇于直谏者的队伍里，利用国王的权势，把直谏的忠臣杀害，再去啄食忠臣的肉，作为自己邀功请赏的资本。"凡国有事，惟乌鸣之听"的现象存在时，这个国家必将面临灭亡的绝境。

当然，寓言中的"鸱"也是一种食腐鼠的禽类，它未必专指"忠良"；但它能够栖止乌鸦群集的庭院，并敢于闯进宫中大声号叫，也颇表现出它的勇猛气概。

羊胃羊头

典出《后汉书·刘玄传》：所授官爵者，皆群小贾竖，或有膳夫庖人，多著绣面衣锦裤、襜褕诸于，骂詈道中。长安为之语曰："灶下养，中郎将；烂羊胃，骑都尉；烂羊头，关内侯。"

东汉刘玄，破王莽后，即位为帝，滥封官爵，用了好多小人，连做厨子的都穿了锦绣的衣服，在长安市上招摇，当时有民谣道："烂羊胃，骑都尉；烂羊头，关内侯。"骑都尉、关内侯是官爵名。羊头羊胃的解说有三种：一是喻其贱；二是喻其多；三是讽刺厨子做官。

后人引用"羊胃羊头"，是指污滥的官吏、官职。

郑人惜鱼

典出《燕书》：郑人有爱惜鱼者，计无从得鱼，或汕或涔，或设饵笱之。列三盆庭中，且实水焉，得鱼即生之。鱼新脱网罟之苦，惫甚，浮白而喁。逾旦，鬣尾始摇。郑人掬而观之，曰："鳞得无伤乎？"未几，糁麦而食，复掬而观之，曰："腹将不厌乎？"人曰："鱼以江为命，今处以一勺水，日玩弄之，而曰'我爱鱼，我爱鱼。'鱼不腐者寡矣！"不听，未三日，鱼皆鳞败以死。郑人始悔不用或人之言。

郑国有一个非常喜爱鱼的人，想了一些办法没有得到鱼，就用捕鱼的工具或者积水成坑诱鱼，或者编制笱笼投饵捕鱼。他在庭院里摆了三只盆子，都盛满了水，捕到鱼就放到水盆里养着。

那些鱼由于刚刚摆脱了鱼网的折磨，身子疲乏得很，把白色的肚皮翻浮在水面上，或者把嘴露在水面上争着喘气。过了一天，鳍尾才开始扔摆起来。

郑人把鱼捧出水盆来观看，说道："这鱼莫不是受伤了吗?”

过了一会，就拿饭粒和麦子去喂鱼，再把鱼捧出水盆来观看，说道:“肚子吃不饱吗?”

旁边有人对他说：“鱼儿依凭江河的大水才能活着，如今处在一勺之小的水中，你还天天拿在手里玩弄它们，嘴里嚷着‘我爱鱼呀，我爱鱼呀!’鱼要是不死，恐怕是很少了!”

郑人不听，没过三天，所有的鱼都脱鳞死去了。郑人这才懊悔自己没有听信那劝告人的话。

后人用这则寓言说明郑人企图活鱼，却恰好害死了鱼，这是由于他把鱼当作自己的玩物，并不是真正爱惜鱼。作者通过这则寓言，讽喻了封建统治阶级统治人民的腐败政策。

他说：“民犹鱼也，今之治民者，皆郑人也哉!”

炙手可热

典出《新唐书·崔铉传》：铉所善者郑鲁、杨绍复、段瑰、薛蒙，颇参议论，时语曰：“郑、杨、段、薛，炙手可热；欲得命通，鲁、绍、瑰、蒙。”帝闻之，题于良。是时，鲁为刑部侍郎，铉欲引以相，帝不许，用为河南尹。它日，帝语铉曰：“鲁去矣，事由卿否?”铉惶惧谢罪。

唐代人崔铉，字台硕，最初被选拔为进士，入朝拜为司勋员外郎、翰林学士，升迁为中书舍人、学士承旨。唐武宗会昌三年（公元843年），被拜为中书侍郎，入朝3年就官至宰相。唐宣宗时期，任尚书左仆射，兼门下侍郎，封博陵郡公。

崔铉同郑鲁、杨绍复、段瑰、薛蒙相友善，共同参与时政，说话很有分量。当时人们评论说：“郑、杨、段、薛这4个人，权势大，气焰盛；要想使自己受到重视，必须结交郑鲁、杨绍复、段瑰、薛蒙这4个人。”唐宣宗听到这些议论后，把它们记录在屏风之上。

当时，郑鲁任刑部侍郎，崔铉想荐举他为宰相，唐宣宗不答应，把郑鲁派为河南尹。有一天，唐宣宗对崔铉说：“郑鲁离开朝廷了，这些事能由你决定吗?”崔铉诚惶诚恐，立即向唐宣宗谢罪。

“炙手可热”就是从这个故事来的。它的意思是，热得烫手。人们用它比喻权贵的气焰极盛。

捉捕妖精

典出《史记·周本纪》：四十六年，宣王崩，子幽王宫涅立。幽王二年，西周三川皆震。伯阳甫曰：‘周将亡矣。夫天地之气，不失其序；若过其序，民乱之也。……夫国必依山川，山崩川竭亡国之征也。

如狼牧羊

周宣王四十年（公元前 788 年）的时候，市井间谣传周朝的大好江山将会毁在一个女妖精手里。周宣王向来英明有道，但无意间听到这个传闻，竟乱了手脚。他派遣一个名叫杜伯的大臣去捉捕妖精，把有嫌疑的女人全都逮来治罪，因而使许多无辜的女人遭到了迫害。

过了三年，也就是公元前785年（周宣王四十三年），这位对妖精心怀恐怖的天子作了一个梦，梦里尽是妖精的影子。他从梦里惊叫醒来，一颗心扑通扑通跳个不停。第二天临朝的时候，他问杜伯："妖精的事办得怎么样了？"杜伯是个敦厚笃实的人，他既不乱置人于死，也不相信真有什么妖精，这三年来，他早就把这个没有道理的命令放诸脑后了。这下天子既然问了他，他就说："有几个有嫌疑的女人早就杀了。如果再继续搜捕，一定会弄得鸡犬不宁。那叫全国的老百姓怎么安心过活呢？所以我就没再往下办了！"

周宣王听了这番话，大发雷霆，怒喝着说："你好大的胆子，竟敢不服从我的命令，我要你这么不忠心的人干什么？"随即对武士们说："把他推出去斩了！"站在一旁的大臣们一个个吓得脸色发白，其中有个大臣叫左儒，他赶紧上前拦住武士，对天子说："不能杀，不能杀呀！"其他畏畏缩缩的大臣们见状，都瞪大了眼睛注视左儒。周宣王说："唐尧的时候闹过很多次水灾，成汤的时候闹过七年旱灾；但唐尧和成汤还是被视为贤明的君王，而名留青史。天子把杜大夫杀了，全国老百姓势必真以为有了妖精，而惶惶不可终日。这件事如果传到列国诸侯耳里，一定会当它是笑柄。我央求天子还是饶了他吧。"

周宣王鼻子里哼了一声，说："我知道你是杜伯的朋友，果然，你把朋友看得比君王还重要！"左儒说："要是君王对，朋友错，我无论如何也得顺着君王；要是君王错，朋友对，那我就得站在朋友那一边了。'"周宣王勃然大怒，高声嚷着："你找死吗？竟敢顶撞我！"那些愣在一旁的大臣们都替左儒捏把冷汗。但左儒本人可毫不在乎，他挺一挺身子，说："大丈夫不能因为贪生怕死，而故意是非不分。杜大夫并没有犯下死罪，天子如果把他杀了，天下的人就会说您不对。"周宣王不理他，仍然坚持非杀杜伯不可，左儒就说："好吧！天子既然非杀他不可，干脆请您把我也一块儿杀了吧！"

左儒这种不畏生死的精神，很令周宣王佩服；而那个杜伯，不发一语，反而惹得周宣王火冒三丈。周宣王对左儒说："用不着你多嘴！"随即转身对武士们说："把杜伯斩了吧！"武士们就把他推出去杀了。

左儒长叹一声，不再言语，他闷闷不乐地回到家里，就在当晚自刎而死。

周宣王获知左儒自杀的消息，有点儿过意不去。他想，实在不应该杀杜伯，就为了自己一时气愤，竟死了两个大臣，真是太糊涂了。

又过了三年（周宣王四十六年），有一天，周宣王带着弓箭，跟诸侯们凑热闹一起去打猎，玩得十分尽兴。

傍晚，在回宫的路上，周宣王因为太累了，脑袋发胀，胸口也有点痛，不知不觉竟打起盹儿来。忽然看见迎面来了一辆小车，车上站着两个人，穿戴着大红的衣帽，拿着大红的弓箭，向他射来。周宣王定睛一瞧，一个是上大夫杜伯，一个是下大夫左儒。他正想喝退他们，心窝上却已经中了一箭。周宣王大叫一声，吓出一身冷汗，原来是个梦。回到宫里，他就病倒了，病情严重的时候，他一合眼，就恍惚看见杜伯和左儒站在他跟前，他的心绪更加不宁，过不了几天就死了。临死时，他还真以为是因为没有逮到妖精，自己才给冤魂捉去的。这个故事发生在“三川皆震”的前五年，描写了周朝气数将尽，市井谣言四起，人心惶惶的场面。

自来旧例

典出《湘山野录》：杨叔贤郎中，眉州人。言顷有太守初视事，大排乐。乐人口号云：“为报吏民须庆贺，灾星移去福星来！”守大喜，问：“口号谁撰？”优人答曰：“本州自来旧例，止此一首”。

郎中杨叔贤，眉州人。他听说不久有新太守走马上任了，就大排乐队奏乐欢迎。乐人的“口号”颂道：“为了酬报官吏民众，需要大大庆贺，因为灾星走了，福星来临了！”

太守听了大喜，问：“这个‘口号’是谁作的?”

优人们回答说：“这是本州历来的老规矩，只此一首!”

后人用这则寓言说明讽喻封建官吏从来都是“一年清知府，十万雪花银”的残酷压榨百姓的“灾星”，每次官员调遣，虽然都要喊“灾星移去福星来”的口号，但是对人民群众来说，从来是走了一个猴，又来一个孙悟空，换汤不换药，都是压榨人民的“灾星”，“本州自来旧例，止此一首。”优人的答复是实实在在的，而又是何其幽默啊！

作威作福

典出《尚书·洪范》：三德：一日正值，二日刚克，三日柔克。平康正直，强弗友刚克，燮友柔克。沉潜刚克，高明柔克。惟辟作福，惟辟作威，惟辟玉食。臣无有作福作威玉食。臣之有作福作威玉食，其害于而家，凶于而国。人用侧颇僻，民用僭忒。

公元前1066年，周武王讨伐商纣王，把他杀死，带着殷纣王的叔父箕子返回镐京。周武王向箕子询问治国的道理，箕子一口气讲了9条办法，其中第6条说："人的德性可分三种：一是正直，二是过分刚强，三是过分柔顺。什么是正直呢？中正平和，不刚不柔，就是正直；什么是过分刚强呢？性情倔强，不能亲近人，就是过分刚强；什么是过分柔顺呢？和顺而不坚强，就是过分柔顺。君王应当抑制刚强不能亲近的人，推崇和顺可亲的人。只有君王才有权替人造福，对人行使威权，吃美好的食物。臣子们无权替人造福，无权对人行使威权，无权吃美好的食物。如果臣子们有权替人造福，有权对人施以威权，有权吃美好的食物，那么，就会对您的家有害，对您的国不利。您手下的臣子们会因此背离王道，老百姓也将因此犯上作乱。"

"作威作福"就是从这个故事来的。它本指统治者专行赏罚，独揽威权。后来，人们用它形容妄自尊大，滥用权力。

"刚克"也是从这个故事来的。它的意思是以刚制胜。

“柔克”也是从这个故事来的。柔、软，弱。克：能。“柔克”的意思是，以柔和之道治事。

阿豺折箭

典出《魏书·吐谷浑传》：阿豺有子二十人。阿豺……曰：“汝等各奉吾一只箭。”折之地下。俄而命母弟慕利延曰：“汝取一只箭折之。”延折之。又曰：“汝取十九只箭折之。”延不能折。阿豺曰：“汝曹知否？单者易折，众则难摧，戮力一心，然后社稷可固。”

吐谷浑的首领阿豺有二十个儿子。一天，阿豺对他们说：“你们每人给我拿一支箭来。”他把拿来的箭一一折断，扔在地下。

隔了一会儿，阿豺又对他的同母弟弟慕利延说：“你拿一支箭把它折断。”慕利延毫不费力地折断了。阿豺又说：“你再取十九支箭来把它们一起折断。”慕利延竭尽全力，怎么也折不断。

阿豺意味深长地说：“你们知道其中的道理吗！单独一支容易折断，聚集成众就难以摧毁了。只要你们同心协力，我们的江山就可以巩固。”

后人用”阿豺折箭”的这个典故告诉人们，团结就是力量。

安居乐业

典出《老子》第八十章：“甘其食，美其服，安其居，乐其俗。”又见《汉书·货殖传》：“各安其居而乐其业，甘其食而美其服。”此据《老子》。

老子处在由奴隶社会向封建社会过渡的大动荡、大战乱的时代。当时，阶级斗争非常激烈，人民不满意自己的“食”、“服”、“居”、“俗”，不“重死”，敢于犯上作乱，暴动起义，而且有了频繁的战争。

针对这种现实，老子提出了他的想象：建立一个国小人少的社会。这个社会不要提高物质生活，不要发展文化生活，人民无欲无知，满意于朴素、简单的生活条件和环境，使人民认为他们的饮食香甜，衣服美好，住宅安适，生活满足。

老子的这种想象是复古倒退的，但他的动机是反对奴隶制，反对一个阶级剥削压迫一个阶级。从这一方面看，尚有它的积极意义。

“安居乐业”即居住的地方安定，对自己的职业喜爱。

后人用这个典故比喻安定地生活，愉快地劳动。

拨乱反正

典出《汉书·礼乐志》：汉兴，拨乱反正，日不暇给。犹命叔孙通制礼仪，以正君臣之位。

在我国的奴隶社会和封建社会中，奴隶主和封建统治阶级及其文人，为了巩固其等级制度和宗法关系而制定了一些礼法条规和道德标准，称作礼或礼教。统治阶级对于礼是非常重视的。儒家自孔子起即提倡礼治，要求天子、诸侯、卿、大夫、士等各级统治者都安于各位，遵守礼制，不得僭越，以便于巩固统治阶级内部而更有效地统治人民。《论语·宪问》中有“上好礼，则民易使也。”同时也要求对人民“齐之以礼”。《荀子·修身》中有“故人无礼则不生，事无礼则不成，国家无礼则不宁”

斗酒学士

之说。

秦末汉初，由于大规模的农民战争，有些礼教受到了很大的冲击。汉朝建立以后，统治阶级为了巩固其统治，便命人重修礼仪，以正君臣之位，《汉书》将其作为拨乱反正的措施之一。

“拨乱反正”按颜师古注，为“拨去乱俗而还之于正道也”。

后人用这个典故比喻治平乱世，回复正常。

百废俱兴

典出宋·范仲淹《范文正公集·岳阳楼记》：越明年，政通人和，百废俱兴。

《岳阳楼记》是北宋时的政治家和文学家范仲淹为岳阳楼的重修写的一篇文章（详见“先忧后乐”条）。

岳阳楼，在湖南省岳阳县城西面，对着洞庭湖，是唐朝初年修建的。宋仁宗（赵祯）庆历四年（公元1044年），范仲淹的朋友滕子京被贬到岳州（今湖南省岳阳县）作知州。到了第二年，政务办得很顺利，上下和协，一切荒废的事情都兴办了起来。于是重修岳阳楼，扩大了原来的规模，把唐朝名人和当时的名人的诗赋刻在上面。为此，范仲淹应滕子京之嘱，写了这篇《岳阳楼记》。

“百废俱兴”这句成语原意是指许多被废置的事情都兴办起来了。

后人用这个句典故比喻在遭受某种破坏以后，建设事业蓬勃发展的兴旺景象。

北杏大会

公元前681年（周庄王的儿子周釐王元年、齐桓公五年、鲁桓公十三年），齐桓公问管仲：“如今齐国兵精粮足，可不可以会合各国诸侯?”管仲回答说：“当今比齐国强大的诸侯不在少数，咱们凭什么会合诸侯呢？周天子虽然衰弱，毕竟是天下的共主，主公唯有奉着天子的命令，才可能把天下的诸侯都会合起来。”齐桓公说：“你说得对！可是该如何进行呢?”管仲说：“办法倒有一个。周庄王刚死，新王（周釐王）才即位，主公不妨派人去道贺，顺便跟他说宋国有内乱，新君也才即位，请天子出令确定宋国的君位。只要主公得到天子的命令，就可以名正言顺地联合各国诸侯，大家一起商量办法，订立盟约，共同保卫中原，抵抗外族；列国中有谁遇到困难，大家就出力帮助他；有谁横暴无道，大家就出兵讨伐他。这样一来，主公可以不损一兵一车，就被推举为霸主。”齐桓公喜出望外，马上一一照办。

自从郑庄公和周桓公对打，祝聃射伤了天子的肩膀，后来齐襄公又与宋、鲁、阵、蔡四国联手打败了周庄王，周朝早就威风尽失，列国诸侯根本不把周天子放在眼里，既不去朝见他，也不肯定期贡献财物。周朝又穷又弱，天子成了名不副实的共主，是个道道地地的傀儡。如今周僖王刚即位，看见齐国派使臣来朝见，受宠若惊，毫不考虑地就请齐桓公去确定宋国的君位。齐桓公手握这道命令，就堂堂皇皇地通告宋、鲁、陈、蔡、卫、郑、曹（在山东省定陶县西北）、邾（在山东省邹县东南，后来称邹国）各国，约他们三月初一到北杏（齐国地名，在山东省东阿县北）开会，共同讨论宋国的君位。

宋国的内乱是从宋闵公的时候开始的。因为南宫长万一度被鲁国捉去当俘虏，宋闵公就常对他冷嘲热讽。有一天，宋闵公跟南宫长万比戟，宋闵公输了，他觉得很下不了台，就想比别的，好叫南营长万也当众出丑。他提议跟南宫长万奕棋，约定输一盘棋，罚喝一大杯酒。南宫长万连输五盘，喝了五大杯罚酒，宋闵公得意洋洋地挖苦他说：“你是老吃败仗的将军，怎么能跟我比呢？”旁边侍候的人哄然大笑。南宫长万憋住一肚子的怒火，没吭一声。忽然周天子归天的消息传报过来，南宫长万就毛遂自荐说：“要是主公打算派人去吊丧，就派我去吧！我没去过洛阳，顺便可以开开眼界。”宋闵公斜睨着眼讪笑地说：“宋国就没有人了吗？怎么可以派一个俘虏当使臣呢?”一旁的人都知道宋闽公存心挖苦他，就附和着大笑。南宫长万恼羞成怒，再加上多喝了几杯酒，顿时暴跳起来，破口大骂:“你这无道的昏君!你知道俘虏也能杀人吗?”宋闵公也火大了，怒喝说:“你敢!”说着就抄起戟朝南宫长万刺去。南宫长万往旁边一闪，避过了攻击，顺手拿起棋盘，倾所有力量向宋闵公的脑袋砸去，再拳打脚踢一番，当场把宋闵公打死了。手下的人惊愕得四处乱跑。南宫长万的怒火更加不可收拾，他拿起一枝戟走出来，迎面碰见大夫仇政。仇政问他:“主公在哪里?”他说:“早给我打死了!”仇政笑着说:“你在说醉话吗?”他不满地说：“我没醉!是实话实说。你瞧!”他双手摊开在仇政眼前，仇政一看那血污的手，脸色大变，气呼呼地骂他说:“你这弑君的贼!简直天理难容!”随即出手跟他也打起来，他哪儿是南宫长万的对手，没两下就被打死了。太宰华督听到消息，赶紧坐上车，打算出兵平乱，半路上遇到南宫长万，南宫长万一语不发，朝他当胸一戟，就置他于死地了。

南宫长万立宋闵公叔伯的兄弟公子游为国君。宋闵公的亲兄弟公子御说到外国借兵，想为他哥哥报仇。宋国的老百姓和公子御说的兵马连成一气，杀了公子游和南宫长万，立公子御说为国君。

管仲就借题发挥，要齐桓公奉着天子的命令召集列国诸侯，确定公子御说的君位。齐桓公问管仲：“这次开会，要带多少兵车?”管仲说：“主公奉天子的命令召开大会，要兵车干嘛？咱们开的是‘衣裳之会’（不带兵车的和平会议）呀!”齐桓公于是叫人先到北杏去布置会场，会场上设有天子的座位。

到了二月底，宋公子御说率先到达，对齐桓公的一片好意再三致谢。接着，陈、蔡、邾三国的诸侯也来赴会。他们看齐桓公没带兵车，十分惭愧，就自动把兵车撤到二十里之外。通知了八个诸侯，才来了四个，怎么办？齐桓公很苦恼，想改期举行。管仲说：“三人成众，现在已有五个国家，也不算少了。如果改期，就是无信，第一次会合诸侯就这个样子，怎么称霸呢?”五个诸侯就照原订的日子开会。齐桓公拱手对四国诸侯说：“王室失势，各国诸侯好像没有个共同的主人似的，各地叛乱时有所闻，弄得天下大乱、人心惶惶。敝人奉了周天子的命令，请各位来确定宋国的君位，同时商量办法，一起辅助王室，抵御外族。不过，在这么做之前，得先推选一个人做盟主，才带动得起来。”四国诸侯听了，议论纷纷。论地位，宋是公爵（第一等诸侯），齐国是侯爵（第二等诸侯），宋公的爵位比齐侯高；论实情，宋公的君位还得齐侯来确立，齐侯显然又比宋公更具说服力。大家七嘴八舌，一时难作结论。后来还是陈宣公义正词严地站起来说："天子托付齐侯会合诸侯，就该推他为盟主，这还用说吗？"大家异口同声赞成。齐桓公先推让了一阵子，然后理直气壮地当上了盟主。他领着诸侯们先在天子的座位前行礼，彼此再相互行礼。随后大家研究一番，订立了盟约，大意是：

某年某月某日，齐小白、宋御说、陈杵臼、蔡献舞、邾克等，奉天子的命令，在北杏开会，共同决定：一心扶助王室，抵御外族，济弱扶倾。有违反本约者，列国共同惩罚之。

会后，管仲走上台阶，说："鲁、卫、曹、郑不听天子的命令，不来与会，非得惩罚他们不可。"齐桓公向四国诸侯说："敝国兵马有限，请各位帮忙！"陈、蔡、邾三国的诸侯一致说："当然！当然！"只有宋公御说默不作声。

当天晚上，宋公御说对随行的人说："齐侯妄自尊大，越级主持会议，还想调遣各国兵马，那咱们将来不是疲于奔命啦？咱们宋国是第一等诸侯，干嘛听二等诸侯的使唤！反正咱们的君位也确定了，还跟着他们干嘛？"那批臣下也不服地说："就是嘛！咱们不如回去吧！"没等天亮，他们就不声不响地回去了。

第二天，齐桓公听说宋公御说不辞而别，十分震怒，就要发兵去追。管仲上前说："别急！宋国远，鲁国近，先打鲁国才是上策。”齐桓公问他：“需不需要叫别的诸侯引兵帮忙？”管仲说：“齐国的威信还不大，他们未必乐意听咱们的，再说这次也用不着别人帮忙，还是让各位君主去吧！”诸侯们就此散会，各自走了。齐桓公率兵直驱鲁国。鲁庄公惊急地和群臣们研商对策。施伯说：“不如讲和吧！人家奉了天子的命令叫咱们去开会，咱们不该不去，既然理屈，就别勉强跟人家开打。”大家商议未定，又接到齐桓公的信，逼问鲁国为什么不赴会。太夫人文姜得到消息，也赶来劝她儿子跟齐国修好。鲁庄公回了信，要求齐国先退兵，他随后就去会盟。

齐桓公就先退了兵，再请鲁庄公到柯地去会盟。鲁庄公带着大将曹沫同行，到了柯地，只见会场四周布满了齐国的兵马，吓得鲁庄公心惊胆战；曹沫紧随着他登上台阶，却毫无惧色。两君相见，才说了几句话，齐国的大臣就捧着装有牛血的玉盂，请两位君主“饮血为盟”（一种郑重的会盟仪式。蘸血抹在嘴上，表示对天起誓的意思）。就在这一瞬间，曹沫沧前一步，一手持剑，一手扯住齐桓公的袖子，怒形于色，仿佛要行刺似的。管仲赶忙挡在齐桓公的身前，说：“大夫干嘛？”曹沫说：“敝国三番两次受人欺负，国都快亡了。你们不是说要‘济弱扶倾’吗？为什么不替鲁国出口气？”管仲问：“你打算怎么样？”曹沫回答：“你们仗着兵强将勇侵犯我们，霸占了我们汶阳的土地。你们若是真心想订立盟约，就请先将这片土地归还我们。”管仲转头对齐桓公说：“主公就答应他们吧！”齐桓公拭拭额上冒出的冷汗，对曹沫说：“大夫别担心！我答应就是了。”曹沫这才收起剑，接过玉盂，请两位诸侯“饮血”。等他们饮完了他又对管仲说：“您主管齐国的政事，我也跟您‘饮血’吧！”齐桓公说：“不用了，你放心，我对天发誓，一定把汶阳那片土地归还鲁国。”曹沫于是放下玉盂，向齐桓公拜了两拜。

散会后，齐国的大臣个个愤愤不平，都想杀掉鲁庄公他们来出出气。齐桓公也有点后悔。管仲沉着脸，说：“这可不行哪！咱们言出必行，既然答应了就不能反悔。有了那片土地，天下的人都背弃咱们；没有那片土地，天下的人都信服咱们，对咱们刮目相看。怎么样比较值得？”齐桓公终究不失盟主的气魄，听了管仲的话，就殷勤周到地招待了鲁庄公，当天就把土地交割清楚。鲁庄公一行人心满意足地回去了。这件事传到各国诸侯耳里，都对齐桓公油然起敬。于是卫、曹二国主动派人来谢罪，要求订立盟约。齐桓公就顺水推舟，邀约他们共同出兵打宋国。

捕鸠放生

典出《列子·说符》：邯郸之民，以正月之旦，献鸠于简子，简子大悦，厚赏之。客问其故，简子曰："正旦放生，示有恩也。"客曰："民知君之欲放之，故竞而捕之，死者众矣。君如欲生之，不若禁民勿捕。捕而放之，恩过不相补矣。"

邯郸的老百姓，每年正月初一的清晨，都要把捕捉的鸠鸟敬献给赵简子。

赵简子很高兴，重赏献鸠的人们。

一位客人觉得很奇怪，便问他是怎么回事。赵简子

五柳先生

回答说："因为正月初一我要放生，以表示我拯救生灵的恩德。"

客人听了，说："老百姓知道您喜欢放生，竞相捕鸠。因此，要伤害很多性命。您如果诚心让它们好好生存，不如禁止人们捕捉。如果捕来之后再去放生，这恩德恐怕远远弥补不了您的过失啊！"

后人用"捕鸠放生"这个典故告诉我们：揭掉剥削阶级种种虚伪、漂亮的面纱，就可以看到他们本来的面目。

澶渊之盟

典出《宋史·寇准传》：帝遣曹利用如军中议岁币，曰："百万以下皆可许也。"准召利用至帐，语曰："虽有敕，汝所许毋过三十万，过三十万，吾斩汝矣。"利用至军，果以三十万成约而还。

北宋大臣寇准（公元961～1023年），字仲平，在宋太宗时期任左谏议大夫、参知政事。宋真宗即位后，也很信任他。

公元1004年（宋真宗景德元年），辽国萧太后与圣宗亲率大军南下，攻打宋朝疆域，直逼京都。参知政事钦若主张迁都南逃，蜀人陈尧叟建议真宗逃往成都。真宗征求寇准的意见，寇准说："谁为陛下出这样的主意，罪不容诛。如今陛下正当英勇之年，将相大臣团结，如果陛下御驾亲征，敌人一定闻风而逃。"于是，真宗亲临澶州（今河南濮阳）督战。真宗把军事委托给寇准，寇准指挥果断，号令严明，士卒喜悦。辽国在战事上占不到便宜，就派遣使者前来，要求订立盟约。寇准不答应，可是有人造谣说，寇准不想讲和，是为了拥兵自重，谋取政治资本。寇准出于不得已，只好答应了。

宋真宗对战争早已厌倦了，急于讲和。他派大臣曹利用到辽军谈判讲和条件，答应每年给辽国银两，宋真宗向曹利用交底儿说："每年付给辽国的银两只要在百万以下，都可以答应。"寇准把曹利用召到军帐里，向他交待说："虽然皇帝有话，但是你谈判时，所答应每年输送的银两不许超过30万，如果超过30万，我就杀了你。"曹利用来到辽国军营，按寇准的条件与其谈判，果然以30万银两的条件签订了盟约，返回来了。

"澶渊之盟"就是从这个故事来的。澶渊，又名澶州，即今河南濮阳。公元1004年，北宋与辽国在澶渊签订和约，史称"澶渊之盟"。可用"澶渊之盟"比喻签订和约。

朝令暮改

典出《汉书·食货志上》：今农夫五口之家，其服役者不下二人，其能耕者不过百亩，百亩之收不过百石。春耕夏耘，秋获冬藏，伐薪樵，治官府，给徭役；春不得避风尘，夏不得避暑热，秋不得避阴雨，冬不得避寒冻，四时之间亡日休息；又私自送往迎来，吊死问疾，养孤长幼在其中。勤苦如此，尚复被水旱之灾，急政暴赋，赋敛不时，朝令而暮改。当具有者半贾而卖，亡者取倍称之息，于是有卖田宅鬻子孙以尝责者矣。

西汉时期，有一个人叫晁错（公元前200年～前154年)，颍川人。他聪明好学，知识丰富，被称为“智囊”。文帝很信任晁错，任他为太子家令。

文帝统治后期，官僚、地主、商人加重了对农民的剥削。广大农民破产逃亡，生活极其困苦。为了维护汉王朝的统治，晁错上书汉文帝，主张打击商人投机倒把的行为，限制官僚、地主对农民的盘剥，提出注重粮食、发展农业生产。这是著名的《论贵粟疏》。

晁错在《论贵粟疏》中写道："农夫一家平均5口人，其中应服徭役的壮男至少有2人，一年里有几个月不能在自己的田地上劳动。一家人合力种田也超不过100亩，收获也超不过100石。春耕、夏耘、秋获、冬藏、采伐薪柴、给官府服徭役，等等。一年忙到头，休息不了一天。春天，不能躲避风尘；夏天，不能躲避炎热；秋天，不能躲避阴雨；冬天，不能躲避严寒，一年四季，哪有喘息的机会呢？另外，还要有些耗费，如送往迎来、吊死丧、问疾病，养育孤儿幼童也包括在内。他们不但勤苦已极而且还要遭受水旱的灾害，遭到急征赋税的盘剥。这些沉重的赋税，说征就征，没有固定的时间，而且变化无常，早上的规定，到了晚上又改变了。在这种情况下，农民有粮食的只好半价出卖，没有粮食的只好借那种取一还二的高利贷。于是，他们不得不出卖田宅、子孙来还债。"

"朝令暮改"就是从这个故事来的。它的意思是，早上发布的政令，晚上又改变了。人们用它比喻政令多变，反复无常。

吃瓜换班

椽长三尺

春秋战国的时候，齐襄公恐怕周庄王来打他，就派大夫连称为大将、管至父为副将，领兵去戍守葵丘（在山东省临淄县西），以便遏阻东南方向的侵袭。二位将军临走的时候请出齐襄公，说：“戍边是桩苦差事，我们也不敢推托，但您总得给我们一个期限呀！”当时齐襄公正津津有味地吃着甜瓜，没有理睬他们，他们就说：“咱们吃苦算不得什么，可是士兵们也有家呀！”齐襄公把玩着手边的另一个甜瓜，想了一想，点点头说："好吧！现在正是甜瓜盛产的季节，你们就待个一年，等明年吃瓜的时候，我叫人去换班。"他们很满意地走了。

不知不觉过了一年，有一天，他们俩正吃着甜瓜，忽然想起期限满了，怎么主公还没派人来换班接防？就特地差一个心腹到临淄去打听。那个人回来，说："主公不在都城，跟文姜玩乐去了，据说已经一个月没有回去了。"

连称听了，火冒三丈，说："这个昏君！他娶了我的堂妹，现在有了那个狐狸精，竟把我妹妹抛在一边。他不顾人伦，贪欢作乐，还把咱们送到边境来受苦，太过份了！我要亲手杀了他！"管至父说："别激动！也许他忘了，咱们先催促他一声，如果他不守信，咱们再动手不迟。"于是他们派了一个小兵献瓜给齐襄公，顺便问他什么时候换班。正好齐襄公游乐回来，看见他们送瓜来，一肚子的不高兴，就顺手抓起一个甜瓜，往那个小兵脑袋上猛掷过去。怒骂着说；"我叫你们怎么样就怎么样！回去告诉他们，等明年吃瓜的时候再说！急什么？"

那小兵把话传了回去。连称和管至父恨得咬牙切齿。士兵们个个都渴望回家，好不容易苦熬了一年，原以为可以和家人团聚了，没想到还要再等一年，谁不忿恨呢？他们聚在一块儿，七嘴八舌地要两位将军给他们作主。

连称想立即杀回去人，管至父阻止他，说："这可不是闹着玩的！要起事也得有个正正当当的理由，更何况凭咱们这点儿兵力，哪儿打得赢他？最好里面有人接应，才方便下手。"连称问："谁能接应咱们呢？"管至父低头沉思片刻，说："有了！先君本来不是很宠爱公孙无知吗？后来主公即位，跟他不和，就减了他的俸禄，他怀恨在心，常想大闹一场，就是没有帮手。依我看，咱们不妨跟他联手，约定立他为国君，这样里应外合，一举就可以成功，而且名义上也说得过去！"连称说："对！就这么办吧！我堂妹在宫里受到冷落，也恨透了这个昏君。咱们叫公孙无知秘密跟她商量，等个好机会下手，事情就好办了。"

公孙无知和连氏都乐意参与这件大事，天天等着机会下手。公元前686年（周庄王十一年，齐襄公十二年）冬天，齐襄公要到贝邱去打猎，连氏赶忙叫人去通知公孙无知。公孙无知又连夜把信息带给连称和管至父，叫他们悄悄地移兵到贝邱去围杀他。

齐襄公带了几名贴身的跟班和一队兵马到了贝邱，看见树木蓊郁、藤萝蔓生，就下令放火焚林，树林里的野兽被烧得东奔西逃，连蹦带跳地乱窜。齐襄公看将士们个个身手矫捷，有的使刀，有的射箭，甚至有空手逮住野兽的，不禁乐得哈哈大笑。忽然，有一只硕大的野猪从火中奔出，猛朝齐襄公冲过去，吓得他手脚发软，四周的从众赶紧围过去，刀戟弓箭乱使一番。那野猪气势汹汹地站起来，放声咆哮一声，那声音哀惨恐怖，把齐襄公吓得毛骨悚然，从车上摔下来。旁边的人手忙脚乱，好不容易才把那怪物打跑了，回过头来扶起齐襄公，见他跌伤了左腿，正皱着眉头直喊疼。士兵里也有人知道公子彭生的冤屈的，就窃窃私语说："那怪物像人一样地站起来大吼，也许是公子彭生显灵吧！"于是一传十、十传百，大家都见神见鬼地说公子彭生现形讨命来了。

当天晚上，齐襄公在离宫（国君的别墅）住宿。由于腿伤疼痛，再加上听说公子彭生来讨命，十分烦躁不安，翻来覆去怎么也睡不着。三更了，他还不曾合眼。突然有个叫孟阳的随从慌慌张张地跑来，气喘吁吁地说："不得了啦！连称和管至父带领着蔡丘的兵马杀进来了！"齐襄公一听，惊得魂飞魄散。他跑也跑不了，走也走不动，看样子只好在屋子里等死了。孟阳上前说："我愿意代替您，让我躺在您床上，您快点找个地方躲起来吧！"孟阳随即跑到床上躺下，齐襄公脱下锦袍给他盖上，眼泪汪汪地瞧了瞧他，就一瘸一拐地走了。

他刚跨出屋子，连称就闪了进来，他一眼瞧见锦袍下睡着人，就快步抢上前去一刀砍下，喷涌而出的血霎时染红了枕头床褥。他把脑袋提起，对着烛光仔细审视，发觉那模样不是国君的，就猛力将脑袋往地上一掼，抽身出来四处寻找。齐襄公躲在黑漆漆的角落里，屏气凝神，缩成一团，可是他那条伤腿因为无法曲起来，只好伸了出去。连称眼明手快，立刻像逮小鸡似地一把将他揪出来，踹在地上，破口大骂："你这个无道的昏君，黩武穷兵，年年打仗杀人，就是不仁；违背先君的命令，亏待公孙无知，就是不孝；不顾伦理，和自己的妹妹乱奸，就是无礼；不体会戍边将士的劳苦，吃瓜的约期过了，还不派人换班接防，就是无信。你不仁、不孝、无礼、无信，算得上是人吗？我今天杀了你也是为国除害，替鲁桓公报仇！"齐襄公被他骂得无地自容，只觉得头昏脑胀，眼前模模糊糊地晃着野猪、公子彭生和甜瓜的影子，突然"轰！"一声，天昏地暗，什么也没有了。

连称和管至父杀了齐襄公后，重整兵马，直打到都城里去。公孙无知早已叫手下的士兵打开城门，接应他们。他们立刻把大臣们集合起来，向他们宣告说："奉先君的命令，立公孙无知为国君。"

大臣们心里虽不服，却不敢出声，勉强低头拜见了新君。管至父生怕众心不服，难保君位，就建议公孙无知贴出告示，招揽人才，延请贤人共同参与国事。他偶然想起自己家族中有个才高八斗的侄儿，就向公孙无知大力推荐他。

出山小草

典出《世说新语·排调》：谢公始有东山之志，后严命屡臻，抛不获已，始就桓温司马。于时人有饷桓公药草，中有“远志”。公取以问谢：“此药又名‘小草’，何一物而有二称？”（《本草》曰：“远志一名棘宛，其叶名小草。”）谢未即答。时郝隆在坐，应声答曰：“此甚易解：处则为远志，出则为小草。”谢甚有愧色。桓公目谢而笑曰：“郝参军此过（“过”应作“通”）乃不恶，亦极有会。”

谢安（公元 320～385 年），晋代阳夏人，字安石，少年时代就很有名气，朝廷屡次征召他做官，谢安都不肯答应。终日游山玩水，在东山隐居了 20 来年。后来，朝廷多次下达严厉的命令，谢安感到形势所迫，身不由己，才出山在桓温手下任司马。这时，谢安已经 40 岁了。当时，人有送给桓温草药，其中有一味叫“远志”。（《本草》说，“远志一名棘宛，其叶名小草”）桓温拿着“远志”问谢安说：“这种药又叫‘小草’，为什么一种草药而有两个名字呢?”谢安没有马上回答。这时，参军郝隆在坐，他应声回答道:“这太容易解释了:这种草药有根埋在土中，叫‘远志’;它的叶长出地面，就叫‘小草’。也就是说，在山中隐居就叫‘远志’，出山了，就叫‘小草’。”听了郝隆含沙射影的话，谢安感到十分惭愧。桓温看着谢安，笑着说:“郝参军这番话没有什么恶意，听起来倒怪有趣味的。”

“出山小草”就是从这个故事来的。人们用“出山小草”比喻出来做官的隐士。也可用“远志”借指隐居，用“小草”比喻自己居官低微。

地利人和

典出《孟子·公孙丑下》:天时不如地利，地利不如人和。

孟轲，是战国时的一位思想家，是孔子学说的继承者和发扬者。他认识到民心向背的重要，提出要以“仁政”治国和“民贵君轻”的学说。但他又宣扬“劳心者治人，劳力者治于人”的阶级压迫和阶级剥削的合理性。

孟轲的政治主张、哲学理论等收集在《孟子》一书中。地利人和之说，见于《孟子·公孙丑》的下篇。文中，孟轲论述了战争的胜负决定于人心向背的道理，突出地强调了“人和”在战争中的重要作用。指出，天时有利不如地形有利重要，地形有利不如得人心重要。

根据孟轲的论述，后人引伸出了“地利人和”这句典故，比喻地理条件和群众基础都好。

定于一尊

典出《史记·秦始皇本纪》：今皇帝并有天下，别黑白而定一尊。

公元前221年，秦王嬴政统一了全国，称为始皇帝。秦始皇统一全国以后，废除了分封制，普遍实行郡县制，分全国为三十六郡，郡下又设了县。他还统一了法律、度量衡、货币和文字，修建了驰道，实现了车同轨，书同文。这些措施，对巩固秦王朝的中央集权起了积极的作用，在历史上是一大进步，但也遭到了一些守旧的读书人的反对。

濠上之乐

公元前213年，秦王朝又增加了四个郡。为了庆贺，在咸阳宫里开了个庆祝会。大臣们给秦始皇敬酒，向他祝贺。有的大臣称赞秦统一以后所采取的一系列改革措施是自古以来的君王都没干过的伟大事业。这时，有位叫淳于越的儒生头儿对秦始皇说：周王实行分封制，周朝享受了八百多年的天下。如今皇帝得了天下，可是自己的子弟和功臣连一块土地也没有，这是不行的。不论干什么，不把古人当老师是长不了的。秦始皇见发生了争吵，就问别的大臣有什么意贝..丞相李斯说：五帝的事业各不相同，三代的制度也不一样，不能照搬照抄。从前列国散乱，诸侯混战，一些读书人假造圣贤，托古说教，以古否今。如今天下一统，制度划一，举国上下定于一尊，只要注意法令，劝导农工，叫他们拿出力气干活就行了。如果拿古书来对照新法，造谣生事，毁谤朝廷，国家还象什么样子。为此，李斯建议，除了秦国的历史和那些有用的书如医药、占卜、种树、法令等以外，其余的诗、书，百家的言论，要统统烧毁。

秦始皇听从了李斯的建议，于是发生了历史上有名的焚书坑儒事件。

“定于一尊”旧时指思想、学术、道德等以一个有最高权威的人做唯一的标准。

多难兴邦

典出《左传·昭公四年》：或多难以固其国，启（开）其疆土；或无难以丧其国，失其守宇。

春秋时，晋、楚两国曾互相朝见。公元前538年，楚灵王派大臣椒举到晋国去，希望借晋国的威势让其他诸侯也拥护楚国。晋平公自己想称霸，怕其他国家强大，所以不准备答应楚国的请求。晋国大臣司马侯对晋平公说：晋、楚两国的霸业只有靠上天的帮助，而不是可以彼此争夺的，君王还是应允为好。晋平公说：晋国有三条可以免于危险，还有谁能和我们匹敌呢？我们国家地势险要又多产马匹，齐国、楚国多有祸难，有这三条，我们怎么会不成功呢？

司马侯回答说：仗着地势险要和马匹而对邻国幸灾乐祸，这是三条危险。四岳、三涂、阳城、太室、荆山、中南，都是九·州中的险要，它们并不属于一姓所有。冀州的北部，是出产马的地方，并没有新兴的国家。仗着地势险要和马匹，是不能巩固自己的，自古以来就是这样。而往往是由于多有祸难而巩固了国家，开辟了疆土；由于没有祸难而丧失了国家，失掉了疆土。

晋平公认为司马侯的分析很有道理，便答应了楚国的要求。

“多难兴邦”指多灾多难能激起克服困难的决心，因而转使国势兴盛起来。

各自为政

典出《左传·宣公二年》：畴昔之羊，子为政，今日之事，我为政。

公元前607年，郑国的军队侵犯宋国，宋文公任命大夫华元为主帅，率领宋军进行抗击。开战前，华元为了鼓励将士，杀了一些羊进行慰劳，并亲自主持分赏。不想却忘记了赏给为他驾车的车夫羊斟。为此，羊斟怀恨在心。

等到战斗开始，羊斟对华元说："前日赏羊的时候是由你当家做主，想分给谁就分给谁；今天驾车由我做主，想把车驾往何处就去何处。"说完，羊斟驾着马车长驱直入郑军的阵地，郑军见了将他们团团围住，华元寡不敌众，只好眼睁睁当了俘虏。

宋文公得知华元被俘，很是惋惜，就用了一百辆兵车，四百匹马作为礼物，向郑军赎回华元，可是礼物还没有送到，华元已经逃回了宋国，结果送去的礼物让郑国白白地得了。

华元回到宋国后，见到了羊斟。华元说："是那匹驾车的马使我当了俘虏吗？"羊斟回答说："不是马，而是赶马的人。"华元在宋国深受宋文公的宠爱，羊斟怕遭到报复，就逃列了鲁国。

后人将羊斟在战斗时讲的话概括为"各自为政"，表示各人按自己的主张办事，不顾整体，也不与别人配合协作。

更令明号

典出《韩非子·外储说左上》：更令明号而信之。

楚厉王为了有紧急事情时便于号令百姓行动，便设警鼓。凡国家有了紧急情况需要百姓为戍时，便以击鼓为号，有一次，楚厉王喝醉了酒便击起鼓来，顿时全城百姓大惊左右的人立即告诉楚王说：“千万不能乱击警鼓，不然就会造成混乱，失信于民。”可是楚王毫不在乎地说：“我喝醉了酒，击击鼓，不过是和大家开开玩笑而已，这有什么关系呢？”百姓知道事情的原委后，就各自回家去了。

几个月后，真的有警报了，楚厉王大击其鼓，可是百姓都认为是闹着玩的，一个也没有来。楚厉王所设的警鼓已失信于民，不能号令百姓行动，于是只得“更令明号而信之”。

韩非子是用这个故事来说明人主应当对人民讲信用。

后人用“更令明号”来表示重新申明号令。

瓜代有期

典出《左传·庄公八年》：齐侯使连称、管至父戍葵丘，瓜时而往，曰："及瓜而代。"期戍，公问不至。请代，弗许。故谋作乱。

春秋时代，齐襄公为了帮助卫侯朔回国复位，约会

我醉欲眠

宋、鲁、陈、蔡四国出兵打进了卫国，周王派兵去救，也被打败；襄公怕周王问罪，就派大夫连称做大将，管至父当副将，带兵去守卫蔡丘（故城在今山东省临淄县西），防备周兵打来。两位将军临走的时候小心地问：“守卫边疆的任务很辛苦，我们不敢推辞；但什么时候可以期满调回来呢？”这时襄公正在吃瓜，随口回答：“现在是瓜熟的季节，等到明年这个时候，派人去代替你们好了。”过了一年，两位将军在蔡丘吃到新瓜，想起襄公的话，就打发人到：临淄（齐国都城）探听消息回说襄公已经去谷成（今山东省阿县）一个月，还没有回来连称见襄公不把事放在心上，非常生气，想去杀他，管至父建议先派人带着瓜去献给襄公，趁机请求派人代替，不必动兵。不料襄公听说他们请求调回，反面生气地说：“叫人去代替，要出自我的主意，怎么可以请求呢？再等候瓜熟一次好了。”两位将军到此不能再忍，就愤怒地领兵回到临淄，把襄公杀了，并且另立公孙无知做了国君。

此后，人们就根据这故事里面以吃到新瓜为替代限期的情节，把任事期满，换人代替，叫做“瓜代有期”，或“瓜期”、“及瓜而代”。

恒思神丛

典出《战国策·秦策三》：亦闻恒思有神丛与？

恒思有悍少年，请与丛博，曰：“吾胜丛，丛借我神三日；不胜丛，丛困我。”乃左手为丛投，右手自为投。胜丛，丛借其神。

三日，丛往求之，遂弗归。五日而丛枯，七日而丛亡。

曾经听说过恒思有棵神树吗？

当地有个强悍的年轻人，请求和神树打赌。他说：“我胜了树，树便把灵气借给我三天；树胜了我，便可以处罚我。”说罢，便拿出赌具，左手代替神树掷，右手给自己掷。结果，年轻人胜了，树便把灵气借给他。

满了三天，树去讨取借出的灵气，年轻人要赖，不肯归还。五天，树便枯了。七天，树便死了。

这个故事以树比国家，以灵气比权力，说明大权不能假借给不可信赖的人。

黄袍加身

谈到宋太祖赵匡胤当皇帝的事时，人们常常会提起“陈桥兵变，黄袍加身”的故事。

赵匡胤出生于五代十国的乱世时期。他的父亲是个禁军将领。出身将门的赵匡胤自幼就喜欢骑马射箭，长大后勇猛无比，威力过人。23岁那年，他投靠了后汉大将郭威。后来，郭威建立后周，赵匡胤成了后周的禁军头目，以后逐渐高升，最终成了禁军最高统帅。

任统帅期间，赵匡胤随周世宗四处征战，建立了累累战功，因此在士兵中深得人心，威望极高。周世宗死后，他年仅7岁的幼子即了位。周主年少，主持不了国家大事，将士们都很不服气，密谋拥戴赵匡胤为主。

公元960年，赵匡胤的弟弟赵光义及将领赵普在陈桥驿（今河南开封市东北）发动兵变。当时，赵匡胤在军帐中喝得酩酊大醉，睡着了。将士们蜂拥到他住的地方，把他叫醒，说：“如今天下无主，我们大家愿意拥戴元帅您为天子！”

赵匡胤听了这庆，大吃一惊，酒都吓醒了。他还来不及发话时，将士们已经把一件早已准备好的黄袍（天子登基时要穿黄袍）披在他身上，在他面前跪拜，齐呼“万岁”。

赵匡胤见事情已经到了这种地步，黄袍已经披在身上，也就顺水推舟，当上了皇帝。他对众将士说：“你们贪图富贵，立我为天子，我的命令你们都遵守吗？”众人回答道：“愿意遵命！”

于是，赵匡胤命令手下人，不许欺侮后周皇帝及其亲属；不许四处烧杀抢劫，要整整齐齐、严严肃肃地班师回京。

回到京师后，赵匡胤宣布建立宋朝，正式登上皇帝宝座。他对原先的皇帝采取了优待政策，没有加以伤害；对原有的朝廷大臣加以保护和录用，避免了宫廷中的流血斗争。

黄泉相见

典出《史记·郑世家》：庄公元年，封弟段于京，号太叔。祭仲曰：“京大于国，非所以封庶也。”庄公曰：“武姜欲之，我弗敢夺也。”段至京，缮治甲兵，与其母武姜谋袭郑。二十二年段果袭郑，武姜为内应。庄公发兵伐段，段走。伐京，京人畔段，段出走鄢。鄢溃，段出奔共。于是庄公迁其母武姜于城颍，誓言曰：“不至黄泉，毋相见也。”居岁余，已悔，思母。颍谷之考叔有献于公，公赐食。考叔曰：“臣有母，请君食赐臣母。”

市道之交

庄公曰：“我甚思母，恶负盟，奈何?”考叔曰：“穿地至黄泉，则相见矣。”于是遂从之，见母。

郑伯友是郑国（那时候郑国在陕西华阴县，周平王东进以后，改封在河南省新郑县）的第一个君主。他死后，人们称他为郑桓公。

郑桓公的儿子叫掘突，听说他父亲死在西戎手里，十分哀愤，就穿上孝服，率领三百辆兵车，从郑国驰往京城去跟西戎拼命。他胆大机敏，加上郑国的兵马训练有素，一下于就杀死不少敌人。其他的诸侯也陆续出兵前去镐京杀敌。西戎的头目看见诸侯的大兵赶到，知道招架不住，就叫手下的人把周朝积累的货物、宝器等劫掠一空，并放火焚烧宫室。

原来，申侯当初只想藉西戎的兵马去强迫周幽王仍旧让他女儿做王后，外孙子宜臼做大子。可是他的如意算盘落了空，西戎的兵马不但杀了天子，还强占了京城。他在懊悔之余；就偷偷写信给邻近的诸侯，请他们火速派兵相救。中原诸侯击退西戎之后，就立原来的太子宜臼为天子，就是周平王（公元前 770 年——公元前 720 年）。诸侯们都班师回去了，周平王挽留住掘突，请他在京城辅佐朝政。

想不到各路诸侯一走，西戎又兴兵攻来，侵占了周朝西半边的大片土地，而且连月烽火不断，一步步逼近镐京。周平王唯恐镐京不保，再加上镐京的宫室已被西戎烧得面目全非，府库的财宝也被抢夺一空，无力再起造宫殿，就决意离开镐京。他迁徙到东边，把陪都洛阳当作京城，以后的周朝就称为东周。东周的天子名义上虽然是各国诸侯的共主，但他连自己的地盘都掌握不住，所以，实际上他只是个中等国妁国君罢了。

周平王返都洛阳，尽管不太光彩，可是四方诸侯都来道贺；周平王因为泰国（那时候秦国在甘肃省天水县，是个附庸小国，还称不上是诸侯国）在西边，上次也慷慨出兵，跟郑国二起打退西戎，这次又派兵护送他返都，就封秦国的国君为正式的诸侯，就是秦襄公。周平王对他说：“岐丰（在陕西省）那边的土地大半给西戎占了，你要是能够把他们赶出去，我就将那些土地赏给你。（后来秦襄公回到本国，就整顿兵马，逐渐收复岐丰附近的土地，变成了西方的大国。）周平王又把洛阳东边的一些城和土地封给掘突，叫他继他父亲之后当周朝的卿士，同时又是郑国的君主，这就是郑武公。

郑武公掘突有两个儿子，一个叫寤生，一个叫段。小儿子段生得一表人才，武艺又高强，夫人武姜非常偏爱他，数次在郑武公跟前夸赞他，并希望将来能让他继承君位。郑武公不答应，依然立大儿子寤生做继承人。郑武公去世后，寤生即位，就是郑庄公。他继他父亲之后也当了周朝的卿士。他母亲姜氏眼看他心爱的小儿子段没有什么了不起的地位，就对郑庄公说：“你继承你父亲当了诸侯，可是你兄弟也大了，却没有属于自己的地方，成什么样子?”郑庄公说:“那您说怎么办呢?”姜氏说;“你把制邑（在河南省汜水县西）封给他吧!”郑庄公为难地说:“娘，制邑是郑国的险要地方，父亲早就说过，不能把它封给任何人:”姜氏说:“那么京城（在荥阳以东，荥阳在河南省成皋县西南）也行呀!”郑庄公默不作声。姜氏铁青着脸说:“这座城不许封，那座城不答应，你干脆把你兄弟撵出去，让他饿死算了!”郑庄公连声赔不是，说:“娘肿生气，咱们慢慢商量嘛!”

第二天，郑庄公宣布要把京城封给兄弟段，大夫祭足立刻出面劝阻，说:“这怎么行呢?京城是大城，跟都城荥阳一样是相当重要的地方。再说太夫人过于宠爱叔段，一旦他得到京城，势力就更庞大了，将来必会造成后患。”郑庄公无奈地说:“唉，这是母亲的意思，我做儿子的怎能违抗她呢?”他不顾大臣的反对，就把京城封给了叔段。从此，人们就把段叫做“京城大叔”。京城太叔打算动身前往封地的时候，先去向母亲姜氏辞行。姜氏拉着他的手，嘘寒问暖，好像怕他衣裳穿少了似地。京城太叔无言以对，只好说:“娘，我走了，您放心吧!”姜氏又拉住他;说:“等一等，我还有话要说呢!”她就轻声叮咛他:“爱儿啊，你哥哥一点也不顾念亲兄弟的情分。京城是我逼着他给你的，他虽然答应了，心里一定不痛快。你到了京城，可要好好表现，给你娘争口气。

最要紧的是努力操练兵马、积聚粮草，只要一有机会，你我里外联手、互相呼应，必可夺得君位。只要你当上国君，我死也瞑目。”

这位年轻的太叔住在京城，过得很得意。他一面招兵买马，一面行军打猎，天天惦着他娘的话。他的所作所为慢慢传到郑庄公耳里。有几位大臣请郑庄公多加管束京城太叔。郑庄公反而责怪他们口没遮拦。他替太叔争辩说：“太叔这么辛苦地操练兵马，不都是为了咱们吗?”大臣们私下都替郑庄公着急，说他肚量未免大大了，现在这么纵容太叔，将来“虎大伤人”，后悔就来不及了。祭足说：“你该知道，蔓草不除去，愈蔓延愈厉害。更何况大夫人又这么宠爱他，后果真不堪设想!”郑庄公说：“夜路走多了，一定会遇见鬼，你等着瞧吧!”没有多久，京城太叔真的占领了临近京城的两个小城。那儿的地方官向郑庄公报告太叔收管两个小城的情形。郑庄公听了，一语不发，慢慢地点着头，像在盘算什么似的。朝廷里的大臣都不服气地说：“京城太叔操练兵马，又占了两个小城，分明就是在造反嘛！主公应该立刻发兵讨伐他!”郑庄公脸上露出为难的神色，说：“太叔是母亲的爱儿、我的爱弟，我宁可失去几个城，也不能拂逆母亲的意思、伤了弟兄的情分。”大将公子吕说：“主公您现在任太叔为所欲为，恐怕将来太叔不把你放在眼里，那事态可就严重了。”郑庄公说：“你们不用多说，我自有办法！”

过了几天，郑庄公对姜氏说他要去洛阳晋见天子；并吩咐大臣祭足管理国事。姜氏听到这个消息，高兴极了，赶紧写了一封密信，派遣她的一个心腹到京城，鼓动太叔立刻利用这大好机会，举兵前来攻打荥阳。

京城大叔接到姜氏的信，一面写回信和姜氏约好起兵的日了；一面对手下的士兵说：“我奉主公的命令要上朝廷办事去。”接着就发动兵车，打算动身。谁知郑庄公早已派公子吕把一切都布置好了。公子吕先叫人在半路上拦截，顺利地逮住了了那个给姜氏送信的人，搜出信来，交给郑庄公。原来，郑庄公是佯称要到洛阳去，实际上却领着二百辆兵车，绕了一个大圈，偷偷地绕到京城这边来。到了京城附近，就埋伏妥当，只等着太叔动手。

公子吕另外还派了一些士兵扮作商人的模样，潜进京城。等太叔的大军一离开京城，他们就登上城楼，点起火把。公子吕瞧见火光，即刻领兵进攻，轻而易举地取得了京城。

太叔出兵不到两天，就传来京城失守的消息，他心慌意乱地连夜赶回，在城外住扎，打算夺回失地。但是，手下的士兵纷纷耳语，说太叔是要他们去攻打国君；大家都认为太叔这种作法不仁不义，因此军心大变，乱哄哄地跑了一大半人马。太叔眼看没有希望夺回京城，就奔往鄢城（在河南省鄢陵县）。后战败又逃往共城，郑庄公和公子吕就引兵攻过去。共城是个小城，怎么禁得起两路大军的夹击呢？不一会儿，城就破了。太叔知道大势已去，叹气说："是娘害了我，我有什么面目再见自己的兄长呢？"然后自刎而死。郑庄公听说太叔死了，赶忙跑到现场，抱着段的尸首痛哭失声："兄弟啊！你干嘛寻死呢？就算你有什么不是，我难道会不原谅你吗？"哭得旁人也跟着心酸拭泪，纷纷夸赞郑庄公是天底下难得的好哥哥。郑庄公收拾起眼泪，检视太叔的行装，在他身上搜出了姜氏那封信，于是他把去信和回信一并遣人送到荥阳，嘱咐祭足交给姜氏，同时叫他将姜氏安置到城颍（河南省临颍县）去住，还传给姜氏一句誓言说："不到黄泉，不再见面"。

几天后，郑庄公回到荥阳。消灭太叔段，压在心头的一块大石落了地，固然相当痛快，可是再也见不着母亲，不免又感到凄凉难过，后悔莫及；再加上左右的人你一句、我一句说他轰走亲娘，是个不孝子。自认高人一等的郑庄公怎能忍受这些闲言闲语呢？可是，他又誓言"不到黄泉，不再见面"，发了誓却不算数，不但会得到报应，也怕留给人家话柄，说他说话不算话。堂堂一个大男人，再怎么样也不能不守誓言。

郑庄公正左右为难的时候，有个城颍的小官叫颍考叔，前来拜见，献上一双特别的鸟。郑庄公问他："这是什么鸟？"颍孝叔说："它叫做夜猫子，白天瞧不见东西，黑夜里卸能明察秋毫；小时候母鸟哺育它，长大后却反过来啄食它的母亲，简直是不分黑白、不知好歹的恶鸟，所以我把它捕来，请主公严惩它的罪。"郑庄公听出他话里的弦外之音，就默然不语。正巧到了吃饭的时间，郑庄公就叫颍考叔一起进餐，还夹了一些羊肉给他。颍考叔把最肥美的一块用纸包起来，搁在衣袖里。郑庄公纳闷地问他为什么不吃。他说："我家有老母，家境又贫穷，平常吃的都是粗食野菜，今天主公赏我吃这么可口的东西，我想起老母一辈子都没吃过，自己哪儿咽得下去呢？所以我想带点儿回去让她尝尝。"郑庄公长叹一口气说："你真是个孝子！我贵为诸侯，却不能像你那样，能够尽人子的孝心。"颍考叔装出一副莫名其妙的样子说："咦，太夫人不是好端端地享受着荣华富贵吗？"郑庄公凄然长叹，就把姜氏约定太叔前来攻打荥阳、和他发誓不到黄泉不再见面的事，一五一十说了一遍。颍考叔说："主公惦记着太夫人，想必太夫人也思念着您。虽然您发过誓，可是人并不一定要死了才能见到黄泉。黄泉就是地下，咱们只要掘个地道，在地底下盖一所房子，请太夫人到那儿去，主公也到地底下去，您跟她不就见面了吗？”郑庄公觉得这倒是个锦囊妙计，十分高兴，随即叫颍考叔着手进行。

颍考叔用了五百人，不消多少时日就挖好地道、盖妥房子。然后，他将姜氏接引到地底下的房子里，另一方面，郑庄公也从地道里进入。郑庄公一眼看到他母亲，就跪伏地在上说：“儿子不孝，求母亲原谅！”姜氏又难为情又心酸，赶忙上前扶起郑庄公说：“儿啊！是我不好，怎么能怪你呢？”母子俩抱头哭了一阵才平静下来。郑庄公亲手挽着他母亲，出了地道，登上车子，一起绕行了好几条大街，才慢慢回到宫里。老百姓看见郑庄公母子团聚，都翘起大拇指赞美郑庄公的孝行。

揭竿而起

典出汉·贾谊《过秦论》：然而，陈涉，瓮牖绳枢之子，氓隶之人，而迁徙之徒也；材能不及中庸，非有仲尼、墨翟之贤，陶朱、猗顿之富；蹑足行伍之间，起阡陌之中，率罢弊之卒，将数百之众，转而攻秦。斩木为兵，揭竿为旗，天下云集而响应，赢粮而景从，山东豪俊遂并起，而亡秦族矣。

贾谊（公元前200年～公元前168年），汉阳人，是西汉初年著名的政治家和文学家。《过秦论》是贾谊早期所写论述秦帝国灭亡的重要文章。

文章写道：“然而，陈胜这个用破瓮口做窗、用绳子拴门轴的穷小子，这个自己没有土地、从事农业劳动的雇农，这个被流放到边远地区的罪犯，就才能来说，赶不上一个普普通通的人，根本不具备孔子、墨子的贤德，也不像陶朱公（春秋末年，越国大夫范蠡弃官到陶地经商成为巨富，号陶朱公）、猗顿（春秋时鲁国人，在猗氏经营盐业成为巨富）那样富有；他参加到军队的行列，在农村奋起，率领疲劳不堪的士卒，发动数百个人，掉转矛头造反，攻击秦王朝。他们砍下木棒做刀枪，举起旗竿，挂起义旗，天下的人云集而响应，背着粮食，像影子一样跟随陈胜造反。东方六国的英雄豪杰也都纷纷起义，很快就把秦王朝推翻了。”

“揭竿而起”就是从这里来的。揭：高高地举起。竿：旗竿：指旗帜。“揭竿而起”的意思是，高举义旗，起来反抗。现在多用它指人民起义。

进贡包茅

典出《史记》。

谤书盈箧

春秋时期，齐桓公正经八百地做了霸主后，威名如日中天，中原诸侯都信服他，向他进贡。可是南方的楚成王不但不服他，反而处心积虑想和他一较长短，楚国在中国南部，向来不与中原诸侯往来，中原诸侯也一直认为楚国和西戎及北狄一样，是蛮族之一。虽然如此，楚国却是第四等诸侯，就是所谓的“子爵”。这个小国，比中原诸侯更有向外扩展的余地。楚国人一面跟中原列国争夺地盘，一面往南扩张势力。他们辛勤的开垦荒地，收服邻近的小部族，慢慢地发展成一个大国。到了公元前 704 年（郑庄公打败周桓王的第四年），楚国不但拒绝接受子爵诸侯的封号，甚至不稀罕当个爵诸侯子楚国的国君当然也瞧不起周朝的天子，而且甘冒大不韪与周天子对立。楚成王的时候，修明国政，发展生产，使楚国成了道道地地的富强国家。他听说齐桓公打退了山戎和北狄，又大力帮助邢国和卫国，被推为诸侯的领袖，内心非常不服，就打算跟他较量一番。由于郑国位居南北之间，要进攻中原，非得占领郑国不可。楚成王于是统军直攻郑国（公元前 657 年），郑文公捷（子突的儿子）知道抵挡不住，马上派遣使臣向齐国求救。

管仲建议齐桓公说："与其去救郑国，不如直接去打楚国。不过，要征伐楚国得先会合列国诸侯。"齐桓公说："会合诸侯是件大事，难免走漏风声，这不是让楚国有机会作事前的准备吗？"管仲说："蔡国得罪过主公，您早就想去讨伐。楚国跟蔡国接壤，咱们以讨伐蔡国为名，然后出其不意地打到楚国去，保证能打个胜仗。"

蔡国是怎么得罪齐桓公的呢？原来，齐桓公的第三个夫人蔡姬就是蔡侯的妹妹。有一天，他们俩坐着小画舫在莲花池里荡着，蔡姬伸手去采莲花，弄得那只小船摇摆不定，齐桓公心慌地大叫起来。蔡姬知道他怕水，存心跟他开开玩笑，就撩水洒在他身上。他左躲右闪，一边忙不迭地叫她住手。蔡姬见他慌慌张张的模样，更觉得有趣，索性站起来，又开两条腿，左右来回晃摇。齐桓公恼羞成怒，马上把蔡姬休回娘家。蔡侯认为齐桓公未免小题大作、不通人情，一怒之下就把他妹妹改嫁到楚国，做了楚成王的夫人。齐桓公早想拿这个理由去征伐蔡国。

公元前656年（周惠王廿一年、齐桓公三十年、鲁僖公四年、卫文公四年、楚成王十六年）齐桓公带着齐、宋、鲁、陈、郑、曹、许八国兵马去征讨蔡国，蔡国的军队哪有能耐应付这一支大军？蔡侯急中生智，连夜跑到楚国，故意对楚成王说："听说他们还要打到您这儿来。您可得提防呀！"楚成王立刻派人去刺探消息。

八国的兵马悄悄开向楚国。他们本来想出其不意地攻进去，没想到楚国的大夫屈完早在边界上等待他们了。齐桓公问管仲："奇怪！楚国怎么会知道咱们来了呢？"管仲说："一定有人走漏消息，叫他们有了准备。不过，楚国既然派使臣来，咱们不妨晓以大义，使他们自知理屈，而不必动用一兵一车就招降他们。"齐桓公叫管仲去会见屈完。两人见了面，互相拱手行礼，屈完抢先开口说："我们的大王听说贵国发兵朝这儿来，特地派我来问一声：贵国位在北海，敝国靠近南海，井水不犯河水，为什么你们的兵马开到这地方来？"管仲回答说："贵国和敝国都是周天子封的，当初齐国受封的时候，附带有一个使命：有谁不服天子，就由齐国去问罪。你们楚国本来每年都向天子进贡包茅，让天子祭祀的时候可以滤酒。自从你们不进贡包茅后，天子就责问我们，我们只好唯你们是问啦！另外，从前昭王（公元前 1052～公元前 1002 年）到楚国的时候，楚国竟叫他坐只破船，害他葬身汉水。这件事你们又该如何自圆其说呢？”屈完回答说：“没按时进贡包茅是我们的错，至于昭王溺死一事，只好请您去问问汉水，我们可担当不起责任！要是您仗恃着人多势众，想动用武力的话，那么敝国虽偏处南方，但是城墙还算结实，又有汉水阻隔，而且也不乏兵力，您就是有百万之师，也未必用得上！”齐桓公听得面红耳赤，赶忙说：“大夫可真是楚国的能人，我愿意跟贵国修好，订个盟约，不知大夫认为怎么样？”屈完说：“您这么照顾敝国，我们怎能不识抬举呢？”

第二天，楚国派大夫屈完和中原八位诸侯在召陵（在河南省郾城县东）订立盟约。屈完又代蔡国赔礼，齐国也替郑国说情，双方就此尽释前嫌。管仲下令退兵，诸侯各自回国。

鲍叔牙在路上问管仲：“楚子自称为王，这是个大罪名，您不责备，反而拿包茅来做文章，我不明白你这是什么意思？”管仲说：“就因为自称为王的罪名太大了，我只好搁下不提，你想，这么大的罪名他怎么会承认呢？一提，双方就僵持，必定会打了起来。一打起来，兵祸延绵数年，老百姓怎能安生呢？拿进贡包茅的事当借口，他们就容易接受了。只要楚国认错，就算是服了，我们对天子和列国诸侯也就有了交代，这总比损兵折将、骚扰百姓好吧！”鲍叔牙听了，对管仲叹服不已。

楚成王派屈完带着包茅去朝见周惠王，周惠王高兴得眉开眼笑，就把祭祀太庙的“祭肉”赏给楚国，还赐给屈完一些东西，吩咐说：“好好镇守着南方，别跟中原诸侯你争我夺。”同时，齐国也派了使臣隰朋前来报告收服楚国的经过，天子一再夸奖齐桓公尊重天子的好意，准备周周到到地招待隰朋。

后人用“进贡包茅”这个典故指臣子向君王进贡礼物。

近悦远来

典出《论语·子路》：叶公问政。子曰：“近者悦，远者来。”

春秋时期，孔子曾经周游各国，宣扬自己的政治主张，希望各诸侯国的君主能够采纳和运用。有一次，孔子到了楚国，那儿的叶公向他请教怎样管理政事。孔子回答说："要使那些在你统治下的老百姓感到高兴，使那些不在你统治下的老百姓来投奔你。"

"近悦远来"就是从这个故事来的。它的意思是说，邻近的人喜悦，远方的人前来归附。人们用"近悦远来"形容国家治理得很好。

晋国苦奢

典出《尹文子·卷上》：昔晋国苦奢，文公以俭矫之，乃衣不重帛，食不兼肉。

无几时，人绵大布之衣，脱粟之饭。

从前，晋国流行一种讲排场、摆阔气的坏习气，晋文公便带头用朴实节俭的作风去纠正它，他穿衣服决不穿高价的丝织品，吃饭也决不吃两种以上的肉。

不久之后，人们便都穿起了粗布衣服，吃起糙米饭来。

这则寓言正是说明这个道理："昔齐桓好衣紫，阖境不鬻异彩；楚庄爱细腰，一国皆有饥色。上之所以率下，乃治乱之所由也"。"上之所好，下必甚焉"。居于领导地位的人，一言一行，都会对群众发生影响，关系到世运人心，所以必须谨慎。

荆人遗弓

典出《吕氏春秋·贵公》：荆人有遗弓者，而不肯索，曰："荆人遗之荆人得之，又何索焉？"

孔子闻之曰："去其'荆'而可矣。"

优哉游哉

老聃闻之曰："去其'人'而可矣。"

故老聃则至公矣。

有个楚国人丢失了弓，不肯去寻找回来，说道："楚国人遗失的，楚国人拾到它，又何必去寻找呢?"

孔子听了这句话后说："去掉那个'楚'字就可以了。"

老聃听了这句话后说："去掉那个'人'字就可以了。"

所以说：老聃是最最大公无私了。

故事末后称赞老聃为"至公"，这反映出寓言作者引用者的道家观点。儒家讲仁义，主张仁者爱人，所以说："去其'荆'而可矣。"道家主无为，法自然，所以说："去其'人'而可矣。""楚人遗弓"的故事，亦见于《公孙龙子》，只提到孔仲尼听说后，说道"何必楚"?在这里，又加深了一层，说是老聃听说后，更有"去其人而可矣"的说法。

宽猛相济

典出《左传·昭公二十年》：政宽则民慢，慢则纠之以猛；猛则民残，残则施之以宽。宽以济猛，猛以济宽，政是以和。

春秋时，郑国的政治家子产执政后，实行改革，整顿贵族田地和农户编制，并把刑书（法律条文）铸在鼎上公布。这些改革，使郑国国力增强，威信提高。

公元前522年，子产病重。临死前，他对大臣子太叔说："我死以后，您必然执政。只有有德的人能够用宽大来使百姓服从，其次就莫如严厉了。火猛烈，百姓看着就害怕，所以很少有人死于火；水懦弱，百姓轻慢而玩弄它，所以死于水的就很多。因此，宽大不容易啊！"

子产死后，子太叔执政。他不忍心严厉，而务行宽大，结果郑国盗贼很多，并且聚集在芦苇塘里待机闹事。子太叔后悔地说："我早听子产老人家的话，就不至于到这一步了。"于是发兵攻打盗贼并全部杀了他们。这一来，其他盗贼也就收敛了。

孔子听说这件事后，很赞赏。他说：“好啊！政事宽大百姓就怠慢，怠慢了就用严厉来纠正：严厉了百姓就伤残，伤残了就实施宽大；用宽大调济严厉，用严厉调济宽大，这样政事就调和了。”

后人用“宽猛相济”指宽大和严厉相结合。

窥井自照

典出《吕氏春秋·达郁》：列精子高听行乎齐滑王。

善衣东布衣，白缟冠，颡推之履。特会朝雨，祛步尝下。谓其侍者口：“我㈨苦？”

侍者曰：“公姣且丽。”

列精子高因步而窥于井，粲然恶丈夫之状也。喟然叹曰：“侍者为吾听行于齐王也，夫何阿哉！又况于所听行乎万乘之主，人之阿之亦甚矣！而无所镜其残，亡无日矣。”

列精子高以他的贤德品行受尊敬于齐滑王。

这天，列精子高穿好了朝祭的礼服：白绸衣，白绢帽，颡推鞋。但正碰上早晨下雨，他便提着衣襟走下堂来，对他的侍从说："我这样子怎么样？"

侍从说："您是既姣艳又漂亮！"

列精子高听说后，便走到井口去窥视自己的影像：啊呀，这明明是一副丑陋样子的相貌嘛！

他无限感慨地叹息着说："这些侍从因为我的德行被齐王看重，竟对我这样阿谀奉承，更何况看重我德行的齐王，人们对他的阿谀奉承就必定更加厉害了。没有镜子可以让他自照去发现毛病，亡国的日子不长了。"

这个寓言揭示说明只有"窥井自照"，检验自己的实践效果，才能真正认识自己凡是阿谀奉承的话，都悄可听；如果昏昏然沉醉在近臣或侍从的夸言虚词的恭维声里，那就离"亡无日"还远了，列精子高可谓有"自知之明"的人。

离朱之明

典出《孟子·离娄上》：孟子曰："离娄之明、公输子之巧，不以规矩，不能成方员（同"圆"）。"

汉代·赵岐注："离娄，古之明目者，黄帝时人也。

黄帝亡其玄珠，使离朱索之，离朱即离娄山，能视，于百步之外见秋毫之末。”

黄帝时，有一个人叫离娄，也作离朱他有一双神奇眼睛能在百步以外看清乌兽在秋天新长出的细毛。有一次黄帝丢失了玄珠，派离娄去寻找

孟子说：“即使有离娄那样好的眼力、公输般（春秋末期鲁国人，又称为鲁班）那样高超的技巧，如果没有圆规和直角曲尺，仍然不能准确地画出方形和圆形。”

“离朱之明”就是从这个故事来的。离朱，即离娄，人们用“离朱之明”形容眼光敏锐，能洞察秋毫。’

牛头马肉

典出《晏子春秋·内篇杂上》：灵公好妇人而丈夫饰者，国人尽服之。公使吏禁之。曰：“女子而男子饰者，裂其衣，断其带。”裂衣断带，相望而不止。晏子见，公问曰：“寡人使吏禁女子而男子饰，裂断其衣带，相望而不止者，何也?”晏子对曰：“君使服之于内，而禁之于外，犹悬牛首于门而卖马肉于内也。公何以不使内勿服，

则外莫敢为也。”公曰：“善。使内勿服，不踰月而国莫之服。”

齐灵公喜欢内宫的妇女女扮男装，结果上行下效，一时成风，全国妇女都穿起男服来。

灵公使官吏禁止，下令说：“凡是女扮男装的，一律撕毁所穿衣服，扯断所系带子。”

然而，尽管人们亲眼看到有人受罚，女扮男装的风气还是煞不住。

灵公对此很伤脑筋。这天，晏子进见，灵公问道：“我让官吏严禁国中女扮男装，还下令毁掉她们的衣带，这一切人们都亲眼所见，为什么还禁止不了呢？”

晏子回答说：“您允许宫廷嫔妃女扮男装，却对外禁止，这好比肉店门口高悬牛头的招牌，而里面卖的却是马肉。您为什么不首先禁止内宫女扮男装呢？那样，外面的人就不敢犯了。”

灵公听了，说：“好。”于是，下令禁止宫中女扮男装，不过一个月，果然全国便没有人再敢女扮男装了。

后人用“牛头马肉”的这个典故告诉我们：不允许别人做的事，自己首先不要做。以身作则，才能取信于人。

佩珏逐菟

典出《淮南子·汜论训》：楚王之佩珏而逐菟，为走而破其珏也。因两珏以为之豫。两珏相触，破乃逾疾。

乱国之治，有似于此。

楚国国王佩带着玉珏去追赶兔子，因为跑得太快而把玉珏碰破了。为此，他便佩带上两块玉珏以做好准备。结果，两块玉珏互相碰撞，破得更快了。

楚国的政治，很像这件事。

这一则寓言讽刺了过惯了骄奢淫逸生活的剥削阶级，不懂得实践的经验。正像治理国家大事一样，不懂得政治的要领，不顾及实际的矛盾，一味按一己之好恶去办事，就肯定会把国事搞乱。带着佩玉去追赶兔子当然会把佩玉碰坏，这道理是极为浅显的。但是楚王不知道检讨佩玉追兔是不合时宜的，反而佩了两块玉去追兔，结果是越多越坏。

迁都大梁

孙膑打败魏国的消息传到了秦国，卫鞅趁势对秦孝公说："魏国是秦国的近邻，随时都能够向咱们进攻。当初魏国重用庞涓的时候，我老怕他来打咱们，如今魏国打了败仗，中原诸侯都不跟它来往了，咱们应该趁这时候去进攻魏国，魏国一定抵抗不了。这么一来，咱们再往东去，一个一个地把中原诸侯都收过来，您不就当上全中国的霸主了吗？"秦孝公就叫卫鞅带领着五万大军，从咸阳往东打出去。

秦国的大军到了西河，西河太守接连不断地打发人向魏惠王请求救兵。魏惠王召集大臣们叫他们出个主意。大夫公子印对魏惠王说："我跟卫鞅有点交情，让我带着兵马先去对付他。要是他能讲和，那是再好不过了。要是他不答应的话，我就先守住城，再派人上韩国和赵国去借兵。"大伙儿全都同意这么办。魏惠王就拜公子印为大将，带领五万大军去救西河。公子印先把军队驻扎在吴城（就是吴起做西河太守的时候为了防备秦国所造的那座城）。

公子印正要给卫鞅写信请他退兵的时候，把守城门的士兵进来报告说："秦国打发使者送信来了，还在城外等着呢。"公子印吩咐手下的人把那个送信的用绳子吊到城头上来。公子印拿到了信，一瞧，原来是卫鞅写来的。大意说："我跟公子好像亲兄弟一样，哪能彼此攻打呢？可是国君给我下了命令，我总得有个交代。我想最好咱们说好了，两边都退兵。要是公子愿意，请到玉泉山来订盟约。这么着一来可以叫两国的老百姓不受战争的痛苦，二来还可以保全咱们朋友的交情。要是您答应，请给我个日期，我好立刻退兵。"公子印挺高兴，当时就写了回信，约他

班姬团扇

第三天相会。

第三天，卫鞅下令，吩咐后队人马先退下去，前队的兵马到附近的山上去打猎。一面又打发人拿了好些麝香送给公子印。这麝香是秦国出产的，能止痛，能避臭味，算是顶名贵的特产。公子印收到了礼物，更加感激卫鞅的情义。他还不大放心，偷偷地打发人去探听秦国军队的动静。果然，秦国的军队已经撤退了，卫鞅只带着三百名卫兵在玉泉山等着公子印。

到了第三天，公子印也带了二三百名士兵预备了一些酒食坐着车马上玉泉山去了。他们到了山下，卫鞅早已在那儿等着了，就把他们迎到会场里。公子印一见卫鞅，非常高兴。他想："只要拿出真诚的心来，大伙儿商量，什么纷争都能够免除，何必动刀动枪地伤了和气呢？"他是东道主，当时就摆上酒席，先敬卫鞅三杯。卫鞅叫两个手下的人回敬公子印。那两个手下的人，一个叫乌获，一个叫任鄙，是秦国最出名的勇士。他们正在敬酒的时候，忽然听见咚咚的鼓声好像打雷似地响得山都震动了。公子印吓得要死，问卫鞅："怎么打起鼓来了？难道你骗了我吗？"卫鞅笑着说："不敢！这一回，请别见怪。"公子印一见不对头，就想跑，早给乌获拿住了。任鄙指挥着左右把魏国的随从也全拿住。卫鞅吩咐将士们把公子印押上囚车，先送到秦国去，然后把魏国的随从放了，请他们喝酒，又叫他们好好地跟着乌获和任鄙上吴城去，大伙儿都有赏；要不然就得把脑袋留下。到了这步田地，他们就只好缩着脖子跟着人家走。

乌获打扮成公子印的模样坐在车上。任鄙打扮成公子印的手下。他们到了吴城，叫魏国的士兵先去叫门。城上的士兵一见是自家人，开了城门，让“公子印”进去。乌获和任鄙一进了城，杀散了守城的士兵。随后，卫鞅带着大队人马进了吴城，乱杀一阵。魏国人一听到大将当了俘虏，哪还敢抵抗。他们扔了吴城，照直往东逃跑。吓得魏惠王没有主意了，只好打发使者到秦国兵营里去求和。他狠着心把西河的土地献给秦国，讲和了事。

西河是秦国的了。这一来，安邑这地方就太挨近秦国，只好迁都到大梁（就是河南省开封市），所以魏国也叫梁国，魏惠王也叫梁惠王。

迁都大梁的故事讲了连连遭到失败的魏国节节失利，岌岌可危。

巧退秦兵

典出《淮南子·人间训》：秦穆公使孟盟举兵袭郑，过周以东，郑之贾人弦高，蹇他相与谋曰："师行数千里，数绝诸侯之地，其势必袭郑。凡袭国者，以为无备也，今示以知其情，必不敢进。"乃矫郑伯之命，以十二牛劳之。三率相与谋曰："凡袭人者，以为弗知，今已知之矣，守备必固，进必无功。"乃还师而反。

秦穆公派孟盟等出兵偷袭郑国。（军队）来到郑国以东，郑国的商人弦高和蹇他共同商议说：

"秦国的军队已经远涉几千里，频繁地突破了很多国家，看他们的趋势，一定（是要）偷袭咱们郑国。凡是偷袭侵犯他国的，（侵略者）都以为他国（不知道），没有准备。如果我们表示知道了他们的真情，他们就一定不敢再前进，（这样就可保住郑国不遭侵略）。"

于是弦高和蹇他就假称是受郑王的命令，用十二头牛，去犒劳秦军。（秦国的）三个统帅（觉得很奇怪，认为郑国已经发觉了）就互相商议说：

“凡是偷袭别国，都是因为对方不知道。现在人家已经知道了，（特地派人来慰劳），那就一定加强防守了，所以，再按原计划行动，怕是没有好结果。”于是就退兵回国了。

后人用“巧退秦兵”的这个典故比喻爱国主义精神。

青蝇报赦

典出《晋书·苻坚载记》：坚僭位五年，凤凰集于东阙，大赦其境内，百僚进位一级。初，坚之将为赦也，与王猛、苻融议于露堂，悉屏左右。坚亲为赦文，猛、融供进纸墨。有一大苍蝇入自牖间，鸣声甚大，集于笔端，驱而复来。俄而长安街巷市里人相告曰：“官今大赦。”有司以闻。坚惊谓融、猛曰：“禁中无耳属之理（当作“垣”），事何从泄也?”于是敕外穷推之，咸言有一小人衣黑衣，大呼于市曰：“官今大赦。”须臾不见。坚叹曰：“其向苍蝇乎？声状非常，吾固恶之。谚曰：‘欲人勿知，莫若勿为。’声无细而弗闻，事未形而必彰者，其此之谓也。”

4世纪中叶，氐族人占据了关中，建立了前秦。公元355年，前秦君主苻健死，他的儿子苻生即位。公元357年，苻坚（公元338～385年）杀掉苻生，自立为秦帝。他任用王猛，打击豪强，休息民力，国势日益充裕。

苻坚篡夺君位5年时，有凤凰飞集在都城长安的东门，苻坚认为这是吉祥的征兆，于是在国内实行大赦，百官的官爵都晋升一级。开始，苻坚将要实行大赦时，与王猛、苻融在甘露堂秘密商议，不让一个其他大臣参加。苻坚亲自撰写赦文，王猛和苻融在一旁伺候纸张笔墨。这时，有一个大苍蝇从窗户飞进屋里，嗡嗡飞得很响，落在毛笔尖上，赶走了，它又飞回来。不一会儿，长安城的街道、里巷、集市上人们奔走相告说："官府要大赦了。"有关部门把这个传闻报告给苻坚。苻坚大吃一惊，对苻融、王猛说："宫禁之中没有隔墙之耳，大赦的事情怎么会泄露出去呢？"于是传令宫外，要彻底追查这件事。人们都说，有一个穿着黑衣服的小人，在市场上大声呼喊，说："官场就要大赦了。"喊完，转眼就不见了。苻坚叹息说："这个穿黑衣服的小人，大概就是那只大苍蝇吧？怪不得它的叫声和形状都不一般，我当时很厌恶它。谚语说：'要想人不知，除非己莫为。'声音再细小也会被人听到，事情还未干也必会显露出来，说的就是这个道理。"

“青蝇报赦”就是从这个故事概括而来的。人们用它形容赦免等事；也可用来形容消息流传很快，不胫而走。

清规戒律

古时候有个和尚名叫怀海，住在百丈山（唐时在洪州境，即今江西南昌）。他觉得佛门应该有严肃的纪律，就亲手制定了一些条规，让和尚们遵守。因为这些条规是要出家人遵守的，所以叫做“清规”。又因为是在百丈山上制定的，因而佛门中有“百丈清规，禅门日诵”的说法。

魏废帝（曹芳）时候，有个印度和尚达摩迦罗到中国来，先后到过洛阳和许昌一带地方。他看见这些地方的和尚在行为上没有什么拘束，就从印度的三藏（经、律、论）里面释出了四分律和僧氏戒心图。这是中国佛门具有戒律的开始。以后又有五戒（戒杀、盗、淫、妄、酒）、十戒、比丘戒（二百五十条）、比丘尼戒（三百五十条，有说五百条）、菩萨戒（和尚遵守的五十八条，其中十条重，四十八条轻；居士遵守的三十二条，其中六条重，二十六条轻）等等。佛门中人很重视这些戒律，认为“佛灭度后，以戒为师”。意思是菩萨已经不在人世了，和尚尼姑要把戒律当做老师。

这些“清规”和“戒律”加起来一大堆，有好些是吹毛求疵的，因此人们就用“清规戒律”这句话来比喻那些繁琐的，脱离实际的，或是苛求的规章制度。

掣肘难书

典出《吕氏春秋·具备》：宓子贱治单父，恐鲁君之听谗言，而令已不得行其术也，将辞而行，请近吏二人于鲁君，与之俱至于单父。邑吏皆朝，宓子贱令吏二人书。吏方将书，宓子贱从旁时掣摇其肘。吏书之不善，则宓子贱为之怒。吏甚患之，辞而将归。宓子贱曰：“子之书甚不善，子勉归矣！”二吏归报于君曰：“宓子不可为书。”君曰：“何故？”对曰：“宓子使臣书，而时掣摇臣之肘，书恶而又甚怒。此臣所以辞而去也。”鲁君太息而叹曰：“宓子以此谏寡人之不肖也！寡人之乱宓子，而令宓子不得行其术，必数有之矣。微二人，寡人几过！”

画付酒帐

遂发所爱，而令之单父，告宓子曰："自今以来，单父非寡人之有也，子之有也。有便于单父者，子决为之矣。五岁而言其要。"宓子敬诺，乃得行其术于单父。

宓子贱受命治理单父，却恐怕鲁君听信谗言，使他不能按照自己的主张治理。于是在即将辞行、走马上任的时候，请鲁君派两名近侍随他同往单父。

到达单父，当地官吏都来参见，宓子贱让这两名近侍书记。近侍刚要书写，宓子贱不时从旁边摇晃他的胳膊，以致写得很不像样。宓子贱乘机大发雷霆。两名近侍十分犯愁，要辞别回都。宓子贱说："你们书法很差，回去努力自勉吧。"

两名近侍回去报告鲁君说："宓子贱这个人，很难共事，无法为他书记。”鲁君问：“为什么呢?”近侍回答道：“他让我们书写，却又不时摇晃我们的胳膊；字写不好，又大发脾气，单父的官吏们都笑他，所以我们告辞回来了。”鲁君听了，叹息说：“这是宓子贱在劝谏我改正不贤德的地方啊！过去我一定对宓子贱干扰过多，使他不能按照自己的主张办事。没有你们二人，我差点做错事。”

于是，立刻派遣一名宠信官吏，前往单父，转告宓子贱说：“从今以后，我不再兼管单父了，而属于您了。只要有利于治理单父，您就决策吧，五年之后再回报您的政绩。”

宓子贱恭敬地答应了，顺利地在单父推行了他的政治主张。

后人用“掣肘难书”的这个典故说明：充分信任，放手使用干部，给下级一定的自主权，是关乎事情成败的重要环节。

取之于民

典出《孟子·万章下》。

孟子的学生万章想知道在交际中如何待人，就去问孟子。孟子说："对人应该恭敬。"万幸说："今后我一定恭恭敬敬地对待别人。"万章接着又问："俗话说'却之却之为不恭'（意思是：一再拒绝别人的礼物，这是不恭敬），这又是为什么呢？"孟子说："尊贵的人送东西给你，如果你先考虑这些东西是否合于义，想好之后才接受，这是不恭敬的。因此，尊贵的人送东西给你，那就不要拒绝。"万章说："今天的诸侯，他们的财物都是取之于民，也可说是不义之财，假如他们把礼物送给我们，我们可以接受吗？"孟子说："孔子在鲁国做官的时候，鲁国人争夺猎物，孔子也争夺猎物。争夺猎物都可以，接受尊贵的人的赏赐又有什么不可以呢？"万章想：老师都认为可以，也就不用再问了，于是告辞而去。

后人用"取之于民"表示从百姓那里取得财物。

伤了肩膀

郑庄公约集鲁桓公和齐僖公，共同商议，确定了宋庄公的君位后不久，在西元前 707 年（周桓王十三年，郑庄公卅七年，宋庄公三年），天子意外地亲自带领陈、蔡、卫三国的兵马打到郑国来。郑庄公叫祭足去探听到底是怎么一回事？祭足说："这还厨打听吗？我早就料道了。主公长期没去朝见天子，上次又假借他的命令攻打宋国，他怎能不来声讨您呢？"郑庄公余怒未消地说："哼！十年前我不是去朝见他了吗？他当时是怎么对待我的？不但对我冷嘲热讽，还送了十车谷子羞辱我！他怎能怪罪到我头上来！"祭足说："话是不错，可是他到底是天子啊！"郑庄公听了这话，更加震怒，不屑地说："哼！天子又怎么样？天子就可以不讲理吗？我们三代都是卿士，对朝廷没有功劳也有苦劳，他不让我当卿士也就罢了，居然还出兵来打我！这下要不给他一点颜色瞧，灭灭他的威风，不光是咱们的国家遭殃，就连列国诸侯也要受他欺凌了。我得替列国诸侯打头阵、争道理，免得他们沦为昏王的奴才!”大臣们听罢这席话，一个个斗志昂扬，将士们也摩拳擦掌，想为列国讨个公道。于是郑庄公派兵遣将，前去迎战。

周桓王虽有三国的兵马作后盾，但他们都是出来敷衍敷衍，没有人肯为他卖命，再说郑国的将士又那么厉害，双方一交锋，天子那边就溃败下来了，大家各自奔散，周桓王眼看招架不住，赶紧传令退兵，自己在后边压阵，一面抵挡，一面后退。

郑国的将车祝聃远远地地瞧见天子，就张弓搭箭，对准了他，嗖地一箭射了过去，正中天子的左肩，幸亏他身披坚实的盔甲，伤势不重。可是，这一箭虽然没射中天子的要害却给了周朝王室一个致命伤。从此以后，东周所有的天子仿佛都伤了肩膀；无论如何再也扛不起统治诸侯的重担了。祝聃正想继续前进，却听到自己这边猛烈地打起锣来（擂鼓是往前进，打锣是收兵)。他立刻收军，见到郑庄公，就说:“我射中了天子的肩膀，正要追过去逮住他，怎么就打起锣来了?”郑庄公说:“咱们并不是真要打仗，只不过是天子不讲道理，以怨报德，逼得咱们无路可走，这才出来抵挡一下，挫挫天子的锐气。咱们只要能保住大好江山就行了，干嘛杀那么多人?再说我也承担不起杀害天子的罪名，那会遭人议论的!”祭足插嘴说:“说的是啊！这下咱们把天子打败，叫他不敢再欺负人就行了。咱们若想过太平日子，不如派人去慰问慰问他，给他点面子。他好强、好面子，可是做什么事都有分寸。谁要是硬，他就比谁硬；谁要是自以为了不起，他就比谁更了不起；谁要是搞阴谋，他搞的阴谋就比谁更阴狠；谁要是谦让，他就谦让到极点；要是对方被他打倒了，他无论如何也不会露出自己得意的样子再去踢对方一脚，甚至会双手把他扶起来，拍拍他身上的泥土。郑庄公的这种个性，祭足很清楚，所以他才请郑庄公去慰问那个伤了肩膀的天子。”郑庄公说：“还是你辛苦跑一趟吧！”

祭足带了一二头牛、一百只羊和许多粮草，连夜赶到天子的兵营里去请罪。他见了天子，先磕了三个头，说：“寤生没管好将士，竟让他们冒犯了天子，实在该死！现在他正在那儿吓得几乎魂不附体，特地派我来向您陪不是，还带了一些粮物慰劳将士们。求天子可怜寤生，饶了他吧！”周桓王惭愧得浑身发热，扶着脑袋，说不出话来。站在一旁的虢公林父接着说：“寤生既已知错，就饶了他吧，快谢谢天子！”祭足又磕了三个响头才出来。他还到三个诸侯的兵营，一个个问安致候，看他们那副别扭的神情，真比挨了郑庄公一顿揍还难受。

上行下效

典出汉·班固《白虎通·三教》：教者仿也，上为之，下效之。

春秋时，齐景公自从宰相晏婴死了之后，一直没有人当面指谪他的过失，因此心中感到苦闷。

有一天，齐景公欢宴文武百官，席散以后，一起到广场上射箭取乐。每当齐景公射一支箭，即使没：有射中箭鹄的中心，文武百官都是高声喝彩："好呀！妙呀！"真是箭法如神，举世无双。

事后，齐景公把这件事情对他的臣子弦章说了一番。弦章对景公说："这件事情不能全怪那些臣子，古人有话说：'上行而后下效'。国王喜欢吃什么，群臣也就喜欢吃什么；国王喜欢穿什么，群臣也就喜欢穿什么；国王喜欢人家奉承，自然，群臣就常向大王奉承了。"

景公听了弦章的话，认为弦章的话很有道理，就派侍从赏给弦章许多珍贵的东西。弦章看了摇摇头说："那些奉承大王的人，正是为了要多得一点赏识，如果我受了这些赏赐，岂不是也成了卑鄙的小人了!”他说什么也不接受这些珍贵的东西。

后人便把“上行下效”来形容上面的人喜欢怎么做，下面的人便也跟着怎么做。

神州陆沉

典出《晋书·桓温传》：温自江陵北伐，行经金城，见少为琅琊时所种柳皆已十围，慨然曰：“木犹如此，人何以堪!”攀枝执条，泫然流涕。于是过淮、泗，践北

清谈误国

境，与诸僚属登平乘楼，眺瞩中原，慨然曰：“遂使神州陆沉，百年丘墟，王夷甫诸人不得不任其责！”

桓温（公元 312—373 年，东晋谯国龙亢人，字元子，是晋明帝司马绍的女婿）任荆州刺史时，于公元 346 年（晋穆帝永和二年）率师西伐，打败了李势等人，平定了蜀地。后来，桓温又率师北伐，攻打前秦国。

经过一番军事部署之后，桓温从江陵出发，开始北伐。经过金城时，桓温看到，自己在青年时代担任琅琊太守时所种的柳树，都已经长得很粗了，他感叹地说：“树木都长这么粗了，人怎么会不老呢！”他攀折着树枝，握着枝条，禁不住眼泪直往下掉。于是，桓温率师渡过淮河、泗水，踏上北国的土地，与诸位僚属登上平乘楼船，在江中北眺中原，感慨地说：“国土沦丧，百年的基业成为荒丘废墟，身居宰辅之位的王衍（字夷甫）等人不能不负责任啊！”

“神州陆沉”就是从这个故事来的。陆沉：陆地下沉。人们用“神州陆沉”形容国土沦丧，人心悲愤。

食鱼无反

典出《晏子春秋》：景公游于纪，得金壶，乃发视之，中有丹书，曰："食鱼无反，勿乘驽马。"公曰："善哉！如若言，食鱼无反，则恶其鱢也；勿乘驽马，恶其取道不远也。"晏子对曰："不然。食鱼无反，毋尽民力乎！勿乘驽马，则无置不肖于侧乎！"公曰："纪有书，何以亡也？"晏子对曰："有以亡也。婴闻之，君子有道，悬之闾。纪有此言，注之壶，不亡何待乎！"

春秋时期，齐景公巡视纪地（今山东寿光县南），当地老百姓从地下挖到一只金壶，献给景公，景公叫人把壶盖打开，发现里面藏有两片竹简，上面用红漆写着 8 个字："食鱼无反，勿乘驽马。"齐景公说："写得好？按照上面写的意思，吃鱼时吃了一面不要把反面也吃光，可以防止鱼腥太重；勿乘劣马，因为劣马不能走远路。"晏婴（公元前？～前 500 年）对他说："您说的不对。'食鱼无反'这 4 个字，告诫后代的国君不要耗尽民力！'勿乘驽马'这 4 个字，是忠告国君不要把小人放在自己的身旁！”齐景公问道：“照你这么说，纪国的国君有此丹书，应该是很有远见的人了，可是纪国怎么会在我执政的100多年前就被齐国灭掉了呢？”晏婴回答道：“纪国灭亡是有原因的。我听说过，有道的国君，应把自己的主张写在竹简上，张挂在城门上、里弄口，让全国的百姓都知道。然而纪国的国君虽然有好的主张，却把它藏在金壶里，埋在地底下，这样一来老百姓根本不知道，除亡国之外，还有什么希望呢！”

“食鱼无反”就是从这个故事来的。它的本意是，吃鱼的时候，不要把反面也吃光。人们用它劝诫国君不要耗尽民力。

收服中山

典出《战国策·魏策》：乐羊为魏将而攻中山，其子在中山，中山之君烹其子而遗之羹，乐羊坐于幕下而啜之，尽一杯。文侯谓睹师赞曰：“乐羊以我之故，食其子之肉。”赞对曰：“其子之肉尚食之，其谁不食！”乐羊既罢中山，文侯赏其功而疑其心。

“三晋”里头，最盛的要属魏国。魏文侯斯相当贤明。他知道要富国强兵，先得增加粮食生产。远在公元前412年（周威烈王十四年，就是魏斯正式封为诸侯之前九年），他就重用了一个当时很出名的法家

春服舞雩

学者（法家，注重刑名法术的一派学者）李悝（一说是李克），采用他的计划，兴修水利，改进耕种的方法，实行“平粜法”。李悝替魏斯仔细算了算土地的产量。他拿一百里的地界估计一下，除了山地、有水的洼地、还有城镇占的土地以外，能够耕种的土地只有六百万亩。耕种得好，每亩可多生产三斗粮食，这是完全办得到的。耕种得不好，每亩会少生产三斗粮食，这也不是什么意

外的事。可是一百里地方的粮食多点或者少点就相差一百八十万石，全国计算起来就差得远了。再说到粮食的价钱，李悝认为：粮价太高了，不种地的老百姓就难过日子；太低了，农民受不了。应该叫粮价不高不低，每年平平稳稳。他把丰年富余的粮食由公家照平价籴（买）进。荒年所短少的粮食由公家照平价粜（卖）出。这么一来，不管年成好不好，也不管是不是荒年，粮价总是平稳的。这种由公家统一掌管粮食和粮价的方法，叫“平籴法”。

平籴法使商人地主不能任意操纵粮食，多少减轻了他们对农民的剥削。粮食由官家来调剂，老百姓的生活就比以前安定得多了。

魏文侯全力地收罗人才。当时各国的人才没有一国像魏国那么多。可是魏文侯还想找一位有能耐的大将去收服中山（古国名，在河北省定县）。中山在魏国的东北边，原来由狄人占领，后来中山的狄人归附了晋国，中山就做了晋国的属国。自从三家分晋以后，中山就没向谁进贡过。魏文侯又怕韩国或是赵国把中山夺过去，再说中山国君荒淫无道，对待老百姓非常凶暴，魏文侯早就打算发兵去征伐中山。他老觉得还少个有能耐的大将。谋士翟璜（‘翟’，原来和狄国的‘狄’通用，翟璜以国为姓），向他推荐了一个人。这人叫乐羊。他说：“乐羊文武全才，品行端正，道德高尚。”魏文侯说：“何以见得?”翟璜说：“当初乐羊在路上捡了一块金子拿回家去。他的妻子说：‘这块金子来历不明，你怎么就拿回来呢?’乐羊就把那块金子搁在原来的地方。后来，他到别的国去游学，过了一年多，他从外面回来。他的妻子正在织帛，见他回来了，就问他：‘你的学业完成了吗?’乐羊说：‘还没呢；我挺想念你，先回来一趟。’他的妻子拿起剪子来，把织布机上的丝线铰断了，对他说：‘这就叫半途而废!’乐羊就又出外走了，一去就是七年，直到学业学成了才回到家里。他的才能和志气可以说都高人一等。他现在正巧在本国。咱们国里有这样的人才，为什么不用呢?”

魏文侯听了翟璜的话，就打算把乐羊找来。有人反对，说：“乐羊的儿子乐舒，如今正在中山做大官。咱们哪能叫他去打中山啊?”翟璜说：“怎么不成呢？乐羊是个挺有见识的人，他儿子曾经奉了他们国君的命令去请他，他不但没去，反倒叫他儿子离开中山，说中山的国君荒淫无道，不能跟他一块自找灭亡。我说，主公只要吩咐乐羊去打中山，准能成功。”魏文侯就叫翟璜去请乐羊。

过了几天，乐羊跟着翟璜来见魏文侯。魏文侯对他说：“我打算托你去征伐中山，只是你的儿子在那边，怎么办?”乐羊说：“大丈夫为国立功，哪能够为了儿子的私情不顾公事呢？我要是灭不了中山，情愿受您的处治!”魏文侯挺高兴，公元前408年（魏文侯十七年），就派乐羊为大将，西门豹为先锋，率领着五万人马去打中山。

中山的国君姬窟派大将鼓须去抵挡魏国的兵马，两边打了一个多月，也没见胜败。后来乐羊和他的助手西门豹拿火攻的法子把鼓须打败，一直追到中山城下。

中山的大夫公孙焦对姬窟说：“乐羊是乐舒的父亲，主公不如叫乐舒去要求乐羊退兵。”姬窟就叫乐舒去办。乐舒推辞说：“早先我不是去请过他吗？他始终不干。如今我们父子俩各人为了各人的主人，他决不能答应我。”姬窟逼着他去说。他只好上了城门楼，请他父亲跟他相见。乐羊一见他儿子，就骂他，说：“你就知道贪图富贵，不知道进退，真是没出息的东西。赶快去告诉你的国君投降，咱们还有见面的日子。要不然，我先把你杀了。”乐舒说：“投降不投降在于国君，我不能作主。我只求父亲暂时别再攻打，让我们商量商量。”乐羊说：“这么说吧，为了父子的情义，给你一个月的期限，你们君臣早点打定主意。”乐羊就下令把中山围住，不许攻打。

姬窟满以为乐羊心疼儿子，决不至于再急着攻打。

他仗着中山城结实，粮草又充足，不打算投降。一个月过去了，乐羊就准备攻城。姬窟又叫乐舒去求情，再宽限一个月。这么着，一连三回，三个月拖过去了。魏国朝廷里就有不少人议论纷纷，都说乐羊不好。魏文侯没言语，接连不断地打发人去慰劳乐羊，还告诉他国君正在盖房子，预备等他得胜回朝的时候，送给他住。乐羊非常感激，可就是按兵不动。西门豹也着急了。他说："将军还打算不打算攻打中山？"乐羊说："没有的话，咱们为了中山国君虐待老百姓才来征伐。要是咱们性子太急，老百姓也许会说咱们同样凶暴。我三番两次地答应他们，让他们三番两次地失信。为的是让老百姓知道谁是谁非。我可不是为了保全父子的情义，为的是要中山的民心。"西门豹听了，这才放心。

又过了一个月，中山还不投降，乐羊可就开始攻击。姬窟眼瞧着再不能支持，就把乐舒捆在城门楼上，准备杀他。乐舒嚷着说："父亲救命！"乐羊骂他，说："你当了大官，不能劝告国君改邪归正，又没法守城，投降又不能投降，抵御又不能抵御，还像个吃奶的孩子哭哭啼啼的干什么？"他拿起弓箭，打算射上去。公孙焦叫人把乐舒拉下来。他对姬窟说："他父亲来打咱们，他也不能说没有罪。"姬窟就把乐舒杀了。公孙焦见乐舒死了，就想出一个主意来。他对姬窟说："人最亲的莫过于父子。

咱们把乐舒的肉做成肉羹去给乐羊送去。他一见儿子的肉羹，必定难受，也许难受得神魂颠倒，就没有心思再打仗了。”姬窟依了公孙焦的话，打发人把乐舒的肉羹给乐羊送去，还跟他说：“小将军不能退兵，我们把他杀了。作一碗肉羹送给你！”乐羊一时怒火中烧，指着瓦罐骂着说：“你一心想侍奉无道的昏君，早就该死！”他把瓦罐狠狠地往地下一摔，对来人说：“你们会做肉羹，我们的兵营里也有大锅，正等着你们的昏君啊！”乐羊好像受了伤的老虎，非把中山吞下去不可。魏兵加紧攻城，急得姬窟没有法子，只好自杀了。公孙焦开了城门。乐羊数落他的罪恶，把他杀了。接着，他安抚了中山人，叫西门豹带着五千人留在中山，自己带着大队人马回去了。

他到了安成外，就瞧见魏文侯亲自在那儿等着他。魏文侯慰问他说：“将军为了国家，牺牲了自己的儿子。这全是我的过错。”乐羊磕着头回答说：“公而忘私，原本是做臣下的本分。”魏文侯和大臣们到了朝堂，乐羊献上中山的地图和拿回来的东西。魏文侯请他到宫里去喝酒。乐羊因为立了大功，非常得意。宴会完了，魏文侯赏了他一只箱子，箱子上下封得很严紧。乐羊一看，就知道不是黄金，就是白玉。他想：大概魏文侯怕别人见了引起嫉妒，才这么封着。他越想越得意，更显出骄傲的神气来了。当时就叫手下的人把箱子搬到家里去。

乐羊赶紧回到家里，打开箱子，一看里面的东西便楞住了。原来箱子里装的全是朝廷里大臣们的奏章！他随便拿起一个奏章来瞧瞧，上面写着："乐羊连打胜仗，中山眼瞧就能攻下来了。可是为了乐舒的一句话，就不打了。父子之情，于此可见。"他又拿起一个奏章，上头写着："……主公如不叫回乐羊，恐怕后患难防。"其余的奏章大都写着："别想得到中山，怕是连五万大军也要送给敌人了"；"突然拜他为大将，已经错了主意"；"人情莫过于父子，他怎么可能牺牲自己的骨肉呢？"乐羊掉着眼泪，说："想不到朝廷中有这么些人，鸡一嘴、鸭一嘴地毁谤我！要是主公不能坚决地信任我，我哪能成功呢？"

第二天，乐羊上朝谢恩。魏文侯要封他，乐羊再三推辞，说："中山能够打下来，全是主公的力量。我有什么功劳可说呢？"魏文侯说："这倒也是真的，除了我，没有人能够这么信任你；可是除了你，没有人能够收服中山。——你也够辛苦了。我封你为灵寿君。"魏文侯就把灵寿（中山国的地名，在河北省正定县北）封给乐羊，也收回了他的兵权。

"收服中山"的故事讲述了乐羊的公而忘私，有胆有识；但同时也告诉我们：在那种时代里，权势之争，勾心斗角，真正有勇有谋的人，要成就一番事业，是要付出相当代价的。

百花齐放，百家争鸣

百花，即各种各样的花。

百家，指学术上的各种派别。战国时期，有儒、道、阴、阳、法、名、墨、纵横、杂、农等各家。据《汉书·艺文志》载：诸子有一百八十九家，以成数言，称为“百家”。

后人用“百花齐放，百家争鸣”的这个典故比喻艺术上的不同形式和风格的自由发展。

炳烛之明

典出《说苑·建本》：“晋平公问于师旷曰：“吾年七

十欲学，恐已暮矣！”

师旷曰：“何不炳烛乎？”

平公曰：“安有为人臣而戏其君乎？”

师旷曰：“盲臣安敢戏其君乎？臣闻之，少而好学，如日出之阳；壮而好学，如日中之光；老而好学，如炳烛之明。炳烛之明，孰与昧行乎？”

平公曰：“善哉！”

晋平公询问师旷说：“我今年七十岁了，想要学习，恐怕已经晚了罢！”

师旷说：“您为什么不点燃蜡烛来照明呢？”

晋平公说：“哪里有当人臣的戏弄他的国君呢？”

师旷说：“盲臣哪里敢和国君开玩笑呀！臣听说：少年而好学习，像早晨温和的阳光；壮年而好学习，有如中午的太阳光；老年而好学习，好似点燃了蜡烛照起亮光来。点燃了蜡烛照起亮光，还有谁会在昏暗中摸索着行进呢？”

晋平公说：“好极了！”

这篇历史传说，说明为学不分老少，活到老学到老，永远受益。不要借口年老，认为学不到什么知识了；应该发奋有为，珍惜时间，抓紧学习。

博闻强记

典出《史记·屈原贾生列传》：屈原者，名平，楚之同姓也。为楚怀王左徒。博闻强志（同“记”），明于治乱，娴于辞令。

战国时，楚国有一位伟大的爱国诗人叫屈原。他出身于楚国的王族，有高度的文化教养和卓越的政治才能。楚怀王时，官至左徒、三闾大夫，曾直接参与楚国内政外交的重大决策，颇得信任。由于当时统治楚国的贵族集团腐朽顽固，贪婪好利，而屈原则坚持“联齐抗秦”的外交路线和“立法图治”、“选用贤才”的政治措施，因此遭到反动的贵族集团的排挤和打击。开始，他遭谗去职，继而被流放。

在长期的流放生活中，屈原仍然十分关心自己的祖国和人民的命运。但眼见楚王昏庸，奸臣当道，楚国已无可挽回地败落了，他怀着悲愤的心情，写下了不少光辉的诗篇，如《离骚》、《天问》、《怀沙》等，揭露楚国黑暗混乱的现实，谴责反动贵族集团祸国殃民的罪行，陈述自己的政治理想。公元前 278 年，秦国大举攻楚，破楚都，楚君逃亡，楚国面临亡国的危机。屈原感到悲愤绝望，投汨罗江而死。

对于屈原的一生，特别是在政治上的宏伟抱负和深远的预见，《史记》作者司马迁深感敬佩和同情。屈原传记的一开头，司马迁就写道，屈原见多识广，记忆力强，懂得古往今来治乱兴亡的道理，熟悉交际应酬的语言，是个了不起的人物。

“博闻强记”形容一个人见闻学识广博，记忆力强。

不耻下问

典出《论语·公冶长》：子贡问曰：“孔文子何以谓之‘文’也?”子曰：“敏而好学，不耻下问，是以谓之‘文’也。”

春秋时，卫国有一个叫孔文的大夫，死后被谥为“文”。子贡就这件事询问孔子说：“孔文子凭什么谥为‘文’?”孔子回答说：“他聪明灵活，爱好学问，并且谦虚下问，不以为耻辱，所以用‘文’字做他的谥号。”

“不耻下问”的意思是不以向学识、地位不如不如自己的人请教为耻。

不落窠臼

典出《红楼梦》第七十六回：这“‘凸’、‘凹’二字，历来用的人最少。如今直用作轩馆之名，更觉新鲜，不落窠臼。”

廉颇善饭

《红楼梦》中描写的大观园里，有座凹晶馆。山的高处叫凸碧，山洼处叫凹晶。有一年的中秋节晚上，林黛玉和史湘云一块儿在大观园里赏月。史湘云对林黛玉说："这山凹里靠近水池边有座凹晶馆。山的高处叫凸碧，山洼靠水池处叫凹晶。这'凸'、'凹'二字，历来用的人最少，现在用来作轩馆的名子，更觉新鲜，不落窠臼。你可知道，这两个一上一下，一明一暗，一高一矮，一山一水，完全是为了赏月而设。我们到凹晶馆赏月去吧。"林黛玉说："老实告诉你吧，这两个字，还是我拟的呢。"

后人用"不落窠臼"比喻不落俗套，有独创风格。多指文章、艺术作品。

不求甚解

典出晋·陶潜《五柳先生传》：好读书，不求甚解。

从前有这样一个人，不知叫什么名字，因为他住宅旁边有五棵柳树，所以大家都叫他五柳先生。五柳先生有些沉默寡言，不大喜欢说话，但是他对各种问题都喜欢思考，对各种社会现象都留心观察，并且有他独到深刻的见解。不大喜欢说话，并非他的天性，只要遇到知己，他可以慷慨激昂地抒发胸中的积闷，抨击官场的劣迹、社会的弊端。他“好读书”，但“不求甚解”，一心领会它的精要之处；一旦解除了一个疑团，懂得了一些新的道理，便乐得手舞足蹈，有时甚至连饭都忘记吃了。五柳先生尤其可贵之处是不羡慕名利，不愿低三下四奉迎拍马，对那些仗势压人高高在上的官僚，他极为轻蔑鄙视，总是避而远之。由于他不愿与世浮相处，所以隐居故里。

“不求甚解”在这里是指读书只领会要旨，不在文句上下功夫。

后人用“不求甚解”来说明学习不够认真，不求深入了解，或了解情况不深入。

不识车轭

典出《韩非子》：郑县人有得车轭者，而不知其名，问人曰：“此何种也？”对曰：“此车轭也。”俄，又复得一，问人曰：“此是何种也？”对曰：“此车轭也。”问者大怒，曰：“曩者曰车轭，今又曰车轭，是何众也？此女欺我也！”遂与之斗。

郑县有个人，这天，偶而捡到一个车轭。

他不知道叫什么，就问人说：“这是什么东西呀？”那人回答说：“这是车轭。”

不一会儿，他又捡了一个车轭，照旧又问那人说：“这是什么东西呀？”人家又告诉他说：“这是车轭。”

他听了大怒，喊道：“先前说是车轭，现在又说是车轭。那里会有这么多车轭？这分明是你存心欺哄我！”于是，就和人家打了起来。

后人用“不识车轭”的这个典故讽刺那些不仅不善于学习，而且愚蠢得可笑，蛮横得不可一世的人。

仓颉造字

典出《淮南子·本经训》：昔者苍颉作书，而天雨粟，鬼夜哭。

汉·高诱注：苍颉始视鸟迹之文造书契，则诈伪萌生；诈伪萌生，则去本趋末，弃耕作之业，而务锥刀之利。天知其将饿，故为雨粟；鬼恐为书文所劾，故夜哭也。鬼或作兔，兔恐见取豪（毫）作笔，害及其躯，故夜哭。

黄帝时期，有一个史官叫仓颉，他观察鸟兽的足迹受到启发，而创造了文字。传说他创制文字时，天上降下粟米，鬼在夜间哭泣。因为天恐怕人们学会文字后，都去从事商业而放弃农耕，将要饥荒。鬼怕人们学会文字后，会作疏文弹劾它们，所以才在夜间哭泣。还有一种说法，是兔在夜间哭泣。因为兔子害怕人们学会文字后，取兔子身上的毫毛做笔，危及它们的性命，所以才在夜间哭泣。

“仓颉造字”就是从这个故事来的。人门用它形容创造文字。

曹冲称象

典出《三国志·魏书·曹冲传》：邓哀王冲，字仓舒。少聪察岐嶷，生五六岁，智意所及，有若成人之智。时孙权曾致巨象，太祖欲知其斤重，访之群下，咸莫能出其哩。冲曰：“置象大船之上，而刻其水痕所至，称物以载之，则校可知矣。”太祖大院，即施行焉。

曹冲，字仓舒，是曹操的妃子环夫人所生，自幼聪明伶俐，十分有智慧。五六岁时，他所表现的智力，达到了成年人的水平。有一次，孙权赠给曹操一只大象，曹操想知道这只大象到底有多重，问部下人有什么办法称一称。可是，人们都感到无计可施。曹冲说："把象牵到大船上，在船舷边标出吃水线，然后把大象牵下船，把称过的东西放到船上，直到船下沉到所刻记号为止，这样就可以验出大象的重量了。"曹操听了很高兴，马上吩咐部下按曹冲说的方法去办。

"曹冲称象"就是从这个故事来的。人们用它称颂人年幼聪慧。

掾者作奏

典出《笑林》：桓帝时，有人辟公府掾者，倩人作奏记文。人不能作，因语曰："梁国葛龚先善为记文，自可写用，不烦更作。"遂从人言写记文，不去葛龚名姓。府君大惊，不答而罢。

东汉桓帝时，有个人被召用为太守衙门属官，他胸无文才，刚到职便请人代写一篇奏事的呈文。

所求的那人也写不出来，对他说："早先梁地人葛龚，呈文写得很好，完全可以抄用，不必重写。"他听从了这人的话，翻出古书一字不差地誊写了一份，连葛龚的姓名也原封不动地抄上去，呈交太守。

太守一看大惊失色，一言未发就罢免了他。

后人用"掾者作奏"的这个典故讥笑那些无知的蠢人，照抄照搬别人的东西，不能解决实际问题，是毫无用处的。

当炉卖酒

典出：《史记·司马相如列传》。

西汉时，临邛县的卓王孙、富甲一方。有一天，他宴请宾客，请来了著名的才子司马相如。在宴席上，司马相如凭借自己的才华和风度，吸引住了卓王孙寡居在家的女儿卓文君。宴席之后，卓文君怀着仰慕的心情，背着父亲私自逃奔到司马相如那里。为了避免父亲的追赶，两人又连夜逃到成都。不料到了成都，卓文君才发现风度翩翩的司马相如，竟是家徒四壁，一贫如洗。

卓王孙得知女儿私奔，不禁勃然大怒，发誓说："想不到我女儿如此不争气！我不忍心杀她，但她休想得我一分钱！"

卓文君在成都住了一段时间，感到闷闷不乐，就对司马相如说："我们住在成都，生活如此艰难，不如回临邛去，我从亲戚那里借点钱来维持生活，犯不着过这种苦日子。"于是，她同司马相如一起回到邛城。

到了临邛，司马相如卖了车马，买了一间酒屋，做起卖酒的生意。司马相如穿着一条破烂裤子和长工酒保一起造酒，有时还把酒缸搬在街中洗刷。卓文君则站在酒台边卖酒边收钱。卓王孙知道后，感到无脸见人，就躲在家里闭门不出。

后来，卓王孙的叔父、弟弟都劝他说："既然卓文君已嫁给司马相如，司马相如虽然贫穷，但一表人材，又有才学，今后一定会有所作为的。"卓王孙这才分出一部分钱给两人。

后人用"当炉卖酒"或"文君当炉"比喻有学问的人做生意。

刀穿单衣

鸲鹆效声

典出《三国志·魏书·曹冲传》：时军国多事，用刑严重。太祖马鞍在库，而为鼠所啮，库吏惧必死，议欲面缚首罪，犹惧不免。冲谓曰："待三日中，然后自归。"冲于是以刀穿单衣，如鼠啮者，谬为失意，貌有愁色。太祖问之，冲对曰："世俗以为鼠啮衣者，其主不吉。今单衣见啮，是以忧戚。"太祖曰："此妄言耳，无所苦也。"俄而库吏以啮鞍闻，太祖笑曰："儿衣在侧，尚啮，况鞍悬柱乎？"一无所问。

曹操有个小儿子，叫曹冲，字仓舒。曹冲自幼聪慧过人，深得曹操的欢心。可惜，曹冲年仅 13 岁就病死了，曹操十分伤心。

当时，国家战乱多事，用刑十分严酷。有一次，曹操的马鞍放在仓库里，被老鼠咬破了，守库的官吏恐惧万分，觉得自己一定要被处死，想把自己反绑起来向曹操请罪，但又担心不免一死。曹冲对库吏说："等到第三天中午，你再去请罪。"曹冲于是用刀戳破了自己的单衣，就像被老鼠咬破的一样，然后又装作遇到了不称心的事，面带愁容。曹操问他为什么闷闷不乐？曹冲回答道："世上的人都认为，如果被老鼠咬破了衣服，衣服的主人是不吉利的。现在我的单衣被老鼠咬破了，所以我感到担忧。"曹操安慰他说："这些说法是没有根据的，你不要为这件事感到愁苦。"不一会儿，库吏前来禀报老鼠咬坏了马鞍的事。

曹操笑着说："我儿的衣服放在自己身边，尚且被老鼠咬破了，何况马鞍挂在柱子上，能不被咬吗？"他对此一点都不追问。

"刀穿单衣"就是从这个故事来的。人们用它比喻儿童聪明智慧。

道学相骂

典出《笑林》：两人相诟于途，甲曰："你欺心！"乙曰："你欺心！"甲曰："你没天理！"

乙曰："你没天理！"一道学闻之，谓门人曰："小子听之，此讲学也。"门人曰："相骂，谓何讲学？"曰："说心说理，非讲学而何？"曰："既讲学，何为相骂？"曰："你看如今道学辈，哪个是和睦的？"

有两个人在路上互相斥骂，甲说："你欺心！"乙也说："你欺心！"甲骂道："你没有天理！"乙也骂道："你没有天理！"

有一个道学先生听见了，对他们的门徒们说："小子们听着，他们二人是在讲学呀！"

门徒们说："互相斥骂，怎么能称作讲学呢？"

道学先生说："他们二人说'心'、说'理'，不是讲学是什么？"

门徒们说："既是讲学，为什么要互相对骂？"

道学先生说："你看现今的道学先生们，哪一个是互相和睦的?”

后人用这则典故借二人“相诟于途”，深刻地讽刺了道学先生互相争论的实质——迂腐浅薄、没有真才实学。

独尊儒术

中国真正结束春秋战国以来的百家争鸣局面的朝代，并不是秦，而是西汉。汉武帝在军事上取得巨大成就之后，进一步实行学术思想的统一。他接受了董仲舒的建议，罢黜百家，独尊儒术。

董仲舒是个精通儒家学说的学者，曾在汉景帝时当过博士官。他看到汉朝建立以来经历了多次皇室王公的叛乱，认为应当宣传大统一的思想，巩固皇帝的中央集权；他改造了由孔子创立的儒家学说，并把这种学说和阴阳五行等中国传统哲学结合在一起，使原来的儒学变成一种带有宗教迷信色彩、专为封建制度服务的理论。董仲舒提出：人间万物，是依据上天的意志存在和变化的。而皇帝是上天意志的代表，他的权力是上天授予的。百姓服从皇帝，实际上是服从天道。在天道之下，君臣、父子、夫妻、兄弟之间，都必须严格遵守上下尊卑的礼节，绝不可违背这种礼节。违背了就要遭到上天的谴责。董仲舒还向汉武帝建议，除了儒家学说以外，其它学说都不符合历史的发展，有碍皇帝的权威，因此儒家以外的学说都应禁止，只有儒家的《诗》、《书》、《礼》、《易》、《春秋》才可作为教育学生的经典。

董仲舒的这些理论很合汉武帝的口味，他下诏在政府设立专授儒家经典的五经博士，读书人只有通过五经的考试才能作官。这样，儒家的经书成了官场的敲门砖，其它学说自然没有人再去学习。就这样，儒家学说从汉武帝开始，统治了中国封建社会两千年之久。

短小精悍

典出《史记·游侠列传》：解（郭解）短小精悍，不饮酒。

在封建社会里，由于统治阶级的残酷压迫，人民大众生活于水深火热之中。因此，他们产生了一种愿望：希望能在急难的时候，有仗义的人敢于挺身出来援救他们。顺应人民大众的这种愿望，自周末到汉代，社会上曾经出现了一批不顾统治阶级的法律、道德的压制，轻生重义，排难解纷，拊危济困的人物，称为“游侠”。

游侠之士的仗义行为受到了广大人民的崇敬。但是，统治阶级却把他们视为暴徒而横加杀害。统治阶级的一些代言人也对他们污蔑和诋毁。《史记》作者司马迁在这个问题上和统治阶级的代言人具有迥然不同的观点。他不但给他们立传，而且给以很高的评价和热烈颂扬。在司马迁记述的汉代游侠中，有一个叫郭解的人，字翁伯。此人身材短小精悍，善于克服自己的缺点，是一位“以德报怨”、“厚施而薄望”和“不矜其功”的游侠。许多游侠都把郭解引为自己的榜样。后因郭解杀人，全家被杀。司马迁十分惋惜郭解这样的人竟未能善终。

司马迁在描写郭解的外貌时，用了“短小精悍”，原指身躯短小而有精悍的气概。后来，人们常用“短小精悍”形容文章或言语等简短有力。

焚膏继晷

典出唐·《进学解》：国子先生晨入大学，招诸生立馆下，诲之曰："业精于勤，荒于嬉；行成于思，毁于随。方今圣贤相逢，治具毕张。拔去凶邪，登崇俊良。占小善者率以录，名一艺者无不庸。爬罗剔抉，刮垢磨光。盖有幸而获选，孰云多而不扬？诸生业患不能精，无患有司之不明。行患不能成，无患有司之不公。"

言未既，有笑于列者曰："先生欺余哉！弟子事先生，于兹有年矣。先生口不绝吟于六艺之文，手不停披于百家之编。纪事者必提其要，纂言者必钩其玄。贪多务得，细大不捐。焚膏油以继晷，恒兀兀以穷年。……然而公不见信于人，私不见助于友，跋前踬后，动辄得咎。暂为御史，遂窜南夷。三年博士，冗不见治。命与仇谋，取败几时。冬暖而儿号寒，年丰而妻啼饥。头童齿豁，竟死何裨。不知虑此，反教人为？"

唐代文学家韩愈才华横溢，可是仕途坎坷，很不得意。公元 812 年（元和七年），韩愈从职方员外郎再次被贬为国子学博士。此后，他仿照汉代东方朔《答客难》、扬雄《解嘲》、班固《答宾戏》的形式，以设问的形式写了《进学解》这篇文章，假借文中虚拟的“诸生”之口，发泄自己郁郁不得志的心情，表白自己的远大抱负，同时含蓄地讽刺了当时的执政者。

韩愈清晨走入太学，招呼各位弟子站在校舍前面，教导他们说：“学业精深来自勤奋攻读，学业荒废是由于玩乐无时；道德行为之美在于多作反省，品德的败坏由于一味放纵自己。当今，圣贤之君得到贤良之臣相辅佐，一应法律政令无不完备。铲除凶恶奸邪之徒，提拔和推崇优秀的人才。只要有一点德行的，全都录取；凡有一技之长的，无不任用。搜罗选拔，训练造就人才。只有侥幸被录用的，哪有品学兼优而得不到任用的呢？怕只怕各位学生的学业不够精熟，不怕主管官员不能明察；怕只怕品行修养不够完善，不怕主管官员不公平。”

话未说完，队列中有人笑了起来，说：“先生欺骗我吧！我从业于先生，到如今已有好几年了。先生不停口地念六经之文，不停手地翻阅百家之作。阅读典籍必定作出提要；阅读记载古人言行的书籍，一定要弄清它的旨意。博览群书务求必得，不论大小知识，一概兼收并蓄。经常夜以继日，点灯熬油地开夜车学习，一年到头地辛勤劳碌，刻苦用功。先生对学业可以说是勤奋了。

然而，先生办公事得不到别人的信任，办私事得不到朋友的帮助，进退两难，动不动就受到指责。刚当上御史就被贬到边远的南方。做了三年国子学博士的闲官，无法施展自己的政治才能。拿自己的命运和仇敌打交道，不断受到挫折和打击。冬天天气尚暖和，先生的儿女就因穿衣服少而喊冷了，年成丰收，先生的妻子却因粮食不足而喊叫饥饿。先生的头发也没了，牙齿也掉了，这样下去，到死又有什么益处呢？您不知想想这一切，却反过来教训别人吗？"

"焚膏继晷"就是从这个故事来的。焚：烧，点着。膏：油脂，指灯火。晷：日影。

"焚膏继晷"的意思是，点亮灯烛，用灯光接续日光。人们用它形容夜以继日地用功读书或努力工作。

"业精于勤"也是从这个故事来的。它的意思是，学业的精深造诣在于勤奋。

"行成于思"也是从这个故事来的。行：做事；思：思考。"行成于思"的意思是，事情所以成功是由于多作思考。

"刮垢磨光"也是从这个故事来的。它的意思是，刮除污垢，磨出亮光。人们用它比喻努力使旧事物重显光辉。也可用它比喻仔细琢磨，精益求精。

"钩玄提要"也作"钩元提要"，也是从这个故事来的。人们用它指作文章能探索精微，举出要义。

“动辄得咎”也是从这个故事来的。辄：就，总是。咎：罪过。它的意思是，一有举动就常常得罪人或受到责备。人们用它形容处境困难，常被人无理指责。

狗尾续貂

典出《晋书·赵王伦传》：同谋者超阶越次，不可胜纪……每朝会，貂蝉满座。时人为之谚曰：“貂不足，狗尾续。”

二西藏书

貂是一种哺乳动物，即是貂鼠。这种貂鼠多产在我国的辽东和朝鲜一带，身体和形状与鼬相似，毛色都是黄色和黑色，口角有黑须，四肢比较其他一般动物短小，而前肢更比后肢短些，尾长多毛。从前富贵人家很喜欢采用这种貂鼠的皮毛做衣服取暖，所以貂鼠的皮革，可以说是皮革中珍贵的一种。《晋书·赵王伦传》里有这样二句："貂不足，狗尾续。"这两句话是用来讥讽赵王伦封爵太滥，凡参加篡位的同谋者，不论身份，一律加封爵位。赵王伦于魏嘉平初年，被封为乐亭侯，后拜为谏议大夫。他与孙季勾结，谋害了太子之后，又制造了个宣帝命他早入西宫的神话。舆论造够之后，就带兵五千自端门而入，僭即帝位。自此以后，他便滥封官爵，不管有功无功，只要投合他心意的人，都一一加官进爵。由于爵位太多，所封官员的帽子上的貂尾就不够了，实在无法，只好用狗尾来代替。正如一件珍贵的貂皮，续上一条狗尾巴充数一样。貂鼠的皮革是何等珍贵，但续上一条下贱的狗尾巴，这样怎能相称呢？当时人们对这种怪现象很不满意，就讽刺地说："貂不足，狗尾续。"

后人便用"狗尾续貂"来比喻用次品续在珍品之后，多指文艺作品后来续写的不如原来的好。

顾名思义

典出《三国志·魏书·王昶传》：语曰："如不知足，则失所欲。"故知足之足常足矣。览往事之成败，察将来之吉凶，未有干名要利，欲而不厌，而能保世持家，永全福禄者也。欲使汝曹立身行己，遵儒者之教，履道家之言，故以玄默冲虚为名，欲使汝曹顾名思义，不敢违越也。

王昶，字文舒，三国时期晋阳人。魏文帝（曹丕）登基当了皇帝之后，王昶曾任散骑侍郎、洛阳典农和兖州刺史。魏明帝即位后，王昶被加封为扬烈将军，赐爵关内侯。他虽然在京外做官，却时刻心系朝廷，关心国家法制建设，著有《治论》20多篇。同时，著有《兵书》10余篇。

王昶注意教育下一代。他给侄子、儿子起名字的时候，都选用谦虚朴实的字眼儿，以体现出正派的为人之道。他起的名字是：

侄子名默，字处静；

侄子名沉，字处道；

儿子名浑，字玄冲；

儿子名深，字道冲。

这些名和字，都同浑厚深沉、淡泊寡欲、清静无为有关系。为什么要起这一类的名字呢？王昶在写给侄子、儿子的信中，再三教导说：“人们常说：‘如果不知满足，反而要失去所要得到的东西。’所以，只有知足的人，才能永远感到满足。回顾以往事业的成败，观察未来事情的吉凶，未有求名逐利、贪而不足的人，能够于世有功、保持家业，永远保全福祉俸禄的。我想教你们学会安身立命、恭行实践，遵循儒家的教诲，履行道家的理论，所以用沉静无为、淡泊虚静的字眼儿给你们起名字，以使你们看到名称就联想到它的含义，从而在行动上不敢有所违背。”

“顾名思义”就是从这个故事来的。它的意思是，看到名称就联想到它的含义。

怪哉冤虫

典出《太平广记》：汉武帝幸甘泉，驰道中有虫，赤色，头、牙、齿、耳、鼻尽具。观者莫识，帝乃使东方朔视之，还对曰："此虫名怪哉。"昔时拘系无辜，众庶愁怨，咸仰首叹曰："怪哉！怪哉！"盖感动上天，愤所生也，故名"怪哉"。此地必秦之狱处。即按地图，信如其言。上又曰："何以去虫？"朔曰："凡忧者，得酒而解，以酒灌之当消"。于是使人取出置酒中，须臾糜散。

秦始皇统一六国后，建立起中央集权统治，推行严刑峻法。无辜百姓也常常被关在狱中，饱受折磨。

到了西汉时期，有一次汉武帝乘车前往甘泉宫。行至长平坂道中，走在前面的随从发现大路上有一种奇怪的虫，全身红得发紫，长着类似人的头和眼睛、嘴巴、牙齿等。众人感到惊奇，赶紧跑去报告汉武帝，汉武帝派了些有学问的人去察看，但谁也说不出这是什么虫。

汉武帝有一个臣子叫东方朔，最为聪明博学。他也跟着汉武帝出来了，在后面的车中。汉武帝派人叫东方朔去看虫，东方朔说："这是因为秦代拘禁无辜的老百姓在狱中，众人心中忧愁，糊里糊涂地吃了官司，都仰头叹息'怪哉'。这种虫就是忧冤之气所结，名叫怪哉。这个地方一定是秦代的监狱。"汉武帝派人去拿地图来对照，这里果然是秦代设监狱的地方。

汉武帝又问东方朔，该用什么方法对付这种虫，东方朔说："大凡人有忧愁，都喜欢用酒来化解。这种虫是忧冤所结，想来用酒也可消解。"汉武帝命人取了酒来。随从们将虫捉来放到酒里，果然一会儿就消散了。大家都佩服东方朔无所不知，真是奇才。

后人用"怪哉冤虫"的典故比喻人有冤愤，郁结难消。

韩干画马

唐朝画家韩干长于画马，被誉为有唐以来画马的第一人。

韩干幼年时家境贫寒，在一家酒店里作酒童。一天，他到诗人王维家去要酒钱，因久等无聊，便在地上画着人儿马儿玩。王维出来见了很惊奇，认为这孩子很有点画画的天才，就每年送他钱供他学画。韩干一连学了十余年，画得很出色，尤其是画马，堪称一绝。天宝初年，召入内廷为供奉。当时，陈闳画的马很著名，玄宗命他跟陈闳学画马，他不肯，玄宗非常奇怪，问他为什么，他回答说："陛下马棚内的马，都是臣的老师，韩干画马，反对模仿，愿意师法自然。"玄宗听了，大为赞赏。

据传，建中初年，有一个人牵了一匹伤了前足的马找兽医医治。这匹马的毛色骨相，和当地马的样子都不一样，兽医和他开玩笑说："我从未见过这样的马，这马的样儿，简直和韩干画的马儿一样。"恰好，韩干来了，就问韩干是否像他画的马，韩干仔细看了半天，惊奇地说："真有点儿像我所画的马。"韩干回到家中，再看自己刚画完的那匹马，前足正是有一点儿缺，才知道是他画的马通灵变活了。

汗牛充栋

典出唐·柳宗元《河东先生集·陆文通先生墓志》：

其为书，处则充栋宇，出则汗牛马。

唐代时，有一个叫陆质的学者，字伯冲，谥文通。他对于孔子的《春秋》很有研究，曾讲学二十年，著书十年，编有《春秋集注》、《春秋辩疑》、《春秋微旨》等书，对当时和后世的学者有一定的影响。

陆文通死后，文学家柳宗元写了一篇悼念他的墓表《陆文通先生墓志》。在这篇墓表里，柳宗元写道：孔子作《春秋》已经一千多年了，多少人焦思苦虑地研究了它，为它注解、评议，发表了各种各样的意见，并且互相争论，各以为是，写出的有关书篇，如果堆在屋子里，要满及整屋，高及栋梁；如果用牛马来运，牛马也要累得满身大汗。接着，柳宗元就介绍了陆质对于《春秋》研究的独到之处，说了一些赞扬的话。

后人用“汗牛充栋”形容藏书很多。

郝隆晒书

典出《世说新语·排调》：郝隆七月七日出日中仰卧。人问其故？答曰：“我晒书。”

天下箸处

注转引崔蹇《四月民令》曰："七月曝经书及衣裳。"故郝隆因此自谓晒书，亦兼用边韶"腹便便，五经笥"之语耳。

晋代，民间有一个习俗：农历七月七日这一天，家家晒衣物。这对有钱人家来说，未尝不是一个炫耀豪富的好机会；可是对穷人来说，却是一个难堪的日子。所以，有些性情狂放的读书人，拿不出华贵的衣物晾晒，就把一些破旧的东西挑得高高的，使之迎风招展，以显示自己愤世嫉俗、与众不同。郝隆（字佐治，汲郡人，曾任征西参军）在农历七月七日这一天，别人家都出外晒衣物，而他却走出室外，袒腹躺在庭院中，大晒其肚皮。别人问他干什么？郝隆回答："我晒肚子里的书。"

郝隆为什么产生袒腹晒书的念头呢？原来，东汉陈留的一个才思敏捷、出口成章的才子边韶（字孝先，汉桓帝时期任尚书令），曾说过：“腹便便，五经笥。”意思是说：“大肚子圆圆啊，是容纳五经的好盛器。”郝隆受此启发，袒露肚皮，号称晒书，也是为了炫耀自己的满腹经纶，是个才子。

“郝隆晒书”就是从这个故事来的。人们用“郝隆晒书”、“晒书”、“晒腹”指很有学问，好像肚子里装满书籍。

囫囵吞枣

典出《湛渊静语》：客有曰：“梨益齿而损脾，枣益脾而损齿。”一呆弟子思久之，曰：“我食梨则嚼而不咽，不能伤我之脾；我食枣则吞而不嚼，不能伤我之齿。”狎者曰：“你真是混沦吞却一个枣也。”遂绝倒。

有个客人说：“梨子对牙齿有益处，却损害脾脏；枣子对脾脏有好处，却损害牙齿、”一个呆头呆脑的青年人想了很久，猛然醒悟地说：“我如果吃梨子，就只嚼不吞，那就不能伤害我的脾脏了；我如果吃枣子，就只吞不嚼，那就不会伤害我的牙齿了。”有个熟人跟他开玩笑说："你真是囫囵吞下个枣子啊。"满座的人都笑得前俯后仰。

"你真是囫囵吞下一个枣"这个成语比喻不求甚解。

槐子悬枝

典出《启颜录·子在，回何敢死》：隋侯白机辩敏捷，尝与杨素并马。路旁有槐树，憔悴欲死。

素曰："侯秀才理道过人，能令此树活否？"

曰："取槐子悬树枝即活。"

素问其说。

答曰："《论语》云：'子在，回何敢死。'"

隋朝侯白机智巧辩、才思敏捷，有一次和杨素并马而行。路旁有一棵槐树，枯萎得快死了。

杨素说："侯秀才论理说道、天才过人，那么，你能让这棵槐树重新活过来吗？"

侯白说："拿一个槐，树子悬挂在枯槐枝上，它就会活了。"

杨素问他道理何在：

侯白回答说："《论语》上有句话说：'子在，回何敢死！'"

这则寓言辛辣地嘲讽了咬文嚼字，望文生义的人。当时正在流传着"半部《论语》治天下"的说法，侯白以"槐子悬枝"，取义"子在，回何敢死?"给泥古士大夫塑造了一副荒唐滑稽的形相，这确实是机辩敏捷的表现。

黄羊祭灶

在我国北方地区曾流传着这么一句俗语："腊月二十三，家家祭灶，送神上天。"这"神"就是指灶神、灶王爷。据说，每年的腊月二十三那天，是灶王爷升天的日子，所以家家户户都热热闹闹地送他上天。

相传，灶神名叫祝融，是远古时候的一个火官。死后被封为火神，到了人间就称为灶神。

灶神的任务是每年升天一次，向玉皇大帝汇报人间的事情。每家每户的事情，无论大小，他都一一讲给玉皇大帝听，玉皇大帝听了之后，就根据他所讲的事情来实行奖惩。如果有人做了好事，玉帝就赐福给他，让他升官发财，儿孙满堂；如果谁做了恶，玉帝就要惩罚他，让他受尽穷苦，断子绝孙。这样一来，灶神的职权可不小。因此人们为了讨好他，让他多说好话，在每年腊月二十三他升天那天，都要隆重地祭祀他，供他好吃的好喝的。于是，在供奉的灶神画像上，有人在他嘴上抹上蜜糖，让他到玉帝那里多说些甜言蜜语；有人在他嘴上抹些年糕，把他的嘴封住，让他到玉帝那里开不了口；还有人甚至在他嘴上洒些酒，让他喝醉，到玉帝那胡言乱语，这样玉帝就不信他的话了。

总之，人们为了让灶王爷好事多说，坏事隐瞒，想尽了千方百计。然而，古时候最隆重的祭礼要数黄羊祭灶。这种祭礼来源于一个传说故事。

西汉时，有个叫阴子方的人，在腊月二十三那天，大清早就起来烧火做饭。当他刚一拨开火，忽然，火膛里跳出一个人来。此人身材高大，穿着黄色大袍，披散着一头黄发，留着长长的红胡须，面如红土，两眼似欠。原来是灶神现形了。阴子方见了，赶紧跪下，连连叩拜。灶神祝福了他几句后，又跳回火膛里去了。

正巧，阴家养了只肥壮的黄羊，阴子方立即把黄羊杀了，摆在灶王爷像前隆重地祭祀起来。从那以后，阴家渐渐发了。过了三辈以后，更是人财两旺。别人听说以后，也跟着杀黄羊祭灶，以求得灶王爷的保佑，发财做官。于是，黄羊祭灶的风俗流传开了。

可是，过了一段时间后，人们发现尽管杀了许多黄羊给灶王爷吃了，贫穷的还是照样贫穷。于是，黄羊祭灶的风俗又渐渐被淘汰了。以后，人们也只买些糖果，放几挂鞭炮送送灶王爷，不指望富贵，只求他在玉皇大帝跟前少说坏话，多美言几句就够了。

豁然开朗

典出晋·陶潜《陶渊明集·桃花源记》：初极狭，才通人。复行数十步，豁然开朗。

东晋时候，出现了一位有名的文学家姓陶名潜，字渊明，世号靖节先生。陶渊明出身士族，但到他时，家世已经衰落。他青年时代怀着建功立业的壮志，再加上为贫困的生活所迫，曾几次出仕。但由于不肯与士族社会同流合污，政治抱负得不到施展，于四十一岁弃官，过着躬耕隐居的生活。

由于当时战乱不止，人民渴望安定。陶渊明受到人

济阴贾人

民这种愿望的感染，在五十七岁时，作了《桃花源》一诗并为此作记。

在《桃花源记》中，陶渊明假借一个武陵（今湖南常德）人的奇遇，说发现了一个与世隔绝的地方。此处刚进去时很狭窄，只能通过一个人，又走了几十步，忽然变得又开阔又敞亮。原来，这是一个山清水秀，鸡犬相闻，人们安居乐业的世外桃源。

“豁然开朗”原来只是写景的，形容一下子出现了开阔明朗的境界。

后人用“豁然开朗”的这个典故比喻一下子领悟了某种道理。

击瓮救童

典出《宋史·司马光传》：光生七岁，凛然如成人，闻讲《左氏春秋》，爱之，退为家人讲，即了其大指。自是手不释书，至不知饥渴寒暑。群儿戏于庭，一儿登瓮，足跌没水中，众皆弃去，光持石击瓮破之，水迸，儿得活。其后京、洛间画以为图。

司马光（公元 1019～1086 年），字君实，北宋陕州夏县（今山西夏县）人，杰出的史学家，宋仁宗（赵祯）宝元年间（公元 1038～1040 年）进士，宋神宗（赵顼）时，任御史中丞。宋神宗熙宁（公元 1068～1077 年）年间，王安石推行新法，司马光极力反对，被贬。宋哲宗（赵煦）即位，司马光入朝为相，尽改新法，恢复旧制。著有《资治通鉴》、《司马文正公集》等。

司马光长到 7 岁时，就很稳重练达，像个成年人似的。听人讲解《左氏春秋》一书，就产生了浓厚的兴趣，回来对家里人讲述，掌握了书中的大概内容。从此以后，他手不释卷，刻苦钻研，到了不知饥渴冷热的程度。有一次，一群孩子在庭院里玩耍，有一个小孩爬上一只大瓮，一失足，跌进瓮中，被水淹没了。所有的孩子都害怕了，纷纷跑了。这时，司马光拿起石头把大瓮击破，瓮中的水流出来，那个落水的小孩得救了。

“击瓮救童”就是从这个故事来的，形容儿童机智聪明。

简册帛书

简册，作为最早的书，它的历史作用不可低估。因为都是用竹木材料做成的，又相当笨重，即使一部内容不太多的书也要有几捆。战国时有位学者叫惠施，家里收藏的书很多，足有五大车。常常用以形容某个人知识渊博的成语“学富五车”，就是从这儿来的。惠施每逢外出旅行，总要带一些书，必须用车子装载，实在费力气的。秦始皇每天批阅的公文，按重量说至少要 120 多斤。这样的书，写起来困难，读起来也实在不方便。

编简用的绳子，无论是丝的还是皮的，翻来翻去，很容易磨断。绳子一断，简册的顺序打乱，重新整理起来相当麻烦。

大约在春秋战国时代，与简册盛行的同时，又出现了一种“帛书”，那是写在丝织品上的书。

据《晏子春秋》中记载，春秋时齐景公给管仲封地所颁发的证书就是写在帛上的。战国初期的思想家墨子曾多次提到“书于竹帛”，就是说把事情记在竹简和丝帛上。这些都证明在当时帛书和简册已并行使用了。

和简册比较，帛书有许多长处。丝帛轻柔绵薄，幅面宽大，容易书写、携带和保存，能够随文章的多少而裁截。帛书是用一根轴作为中心，把书从一头开始卷到另一头而成一卷的，有些大部头的书往往分成许多卷。今天我们还经常用“卷”来区分一部书的内容，“卷”这个名词就是从帛书的装帧形式沿用下来的。帛书的形式，除了卷轴式，也还有折叠式的。无论哪种形式，展开阅读都比简册方便，也没有易断绳子，难以收拾的麻烦。但是，帛书也有它的短处，因为原料少、价格贵、产量低，一般人买不起，只有朝廷和贵族之家才有条件用它。帛书和简册虽然同时并用，但帛书的流行远远不如简册普及，更谈不上将简册取而代之了。

可以说，帛书和简册都属于我国古代正规书籍的范围，都是书史上最早的书种。如何既保持帛书的优点，又避免它的缺点，使书籍适应社会发展和文化生活的需要？纸书的出现解决了这个问题。

将勤补拙

典出唐代诗人白居易《自到郡斋，公经旬日，方专公务，未及归游，偷闲走笔题二十四韵》诗：救烦无若静，补拙莫如勤。

公元 825 年，唐敬宗李湛任命大诗人白居易为苏州刺史。当时的苏州已是一个交通发达，商业繁盛，人口众多的重镇。白居易被派到此任职，深感自己肩负着重大的责任。

到职以后，白居易顾不上一洗旅途的疲劳，更顾不上去玩赏苏州的名胜古迹，马上投入了紧张的工作。他召集下属，询问公务，调查研究，制定治理措施，每天从早忙到晚，有时甚至工作到深夜。白居易喜好饮酒和音乐，但到苏州以后，由于公务繁忙，往往十天来滴酒不沾口，个把月不听一次音乐。

后来，白居易给他的朋友写了一首诗，谈了自己当时的心情，诗中写道：自己笨拙，担当不起苏州刺史这样的重任，除了用勤奋来补救外，没有其他办法。白居易以“将勤补拙”、勤政爱民的举动深得苏州人民的爱戴和崇敬。

“将勤补拙”指用勤奋补救笨拙，含自谦之意。

绝妙好辞

典出《世说新语·捷悟》：魏武尝过曹娥碑下，杨修从，碑背上见题作“黄绢幼妇，外孙齑臼”八字。魏武谓修曰：“解不？”答曰：“解”。魏武曰：“卿未可言，待我思之。”行三十里，魏武乃曰：“吾已得。”令修别记所知。修曰：“黄绢，色丝也，于字为绝，幼妇，少女也，于字为妙。外孙，女子也，于字为好。齑臼，受辛也，于字为辞。所谓‘绝妙好辞’也。”魏武亦记之，与修同，乃叹曰：“我才不及卿，乃觉三十里。”

东汉时，会稽郡上虞县有一个孝女，叫曹娥。她的父亲曹盱能歌善舞，据说能迎来神仙。公元143年（东汉顺帝汉安二年农历五月五日），曹盱迎取伍君神，乘船沿江溯流而上，不幸被洪水吞没，连尸体都找不到了。

当时，曹娥年仅14岁，悲号痛哭，十分想念父亲。她把一个瓜放到江上，说：“如果父亲的尸体在这里，瓜儿你就沉下去。”她等了17昼夜，也哭了17昼夜，瓜儿突然下沉了，曹娥立即投到江里，死去了。

上虞县的县令度尚很同情她，为她改葬，并命弟子邯郸淳为她撰文立碑，这就是有名的曹娥碑。

魏武帝曹操曾经路过曹娥碑下，主簿杨修（字德祖）跟随着。曹操见碑背上题刻着“黄绢幼妇，外孙齑臼”8个字，感到困惑不解，不知道是什么意思，就问杨修说：“你懂得这是什么意思吗？”杨修说：“我知道它是什么意思。”曹操说：“你先不要说，等我考虑考虑。”向前走了30里路以后，曹操才说：“我已经弄明白了。”叫杨修把自己的想法写下来，杨修说：“这8个字，是另外4个字的隐语。‘黄绢’，是有颜色的丝，暗指‘绝’字；‘幼妇’，说的是少女，暗指‘妙’字；‘外孙’，是女儿的儿子，暗指‘好’字；‘齑臼’，就更有说道了。‘齑’，是细切的酱菜或腌菜，而且带有辛辣味儿。把它放在臼里，臼就要承受辛辣之物。‘受’和‘辛’合起来就是‘辞’。所以，‘黄绢幼妇外孙齑臼’8个字的隐语是：‘绝妙好辞’。”曹操已经把自己的见解记下来了，与杨修的说法相同。曹操感叹地说：“我的才智远不如您，走了30里路，才想出来啊！”

“绝妙好辞”就是从这个故事来的：人们用“绝妙好辞”、“黄绢辞”、“幼妇辞”形容极妙的文辞。

“愚智三十里”也是从这个故事来的。人们用它形容不同人之间的才智相差很大。

刻烛击钵

典出《南史·王僧孺传》：萧文琰，兰陵人。丘令楷，吴兴人。江洪，济阳人。竟陵王子良尝夜集学士，刻烛为诗，四韵者则刻一寸，以此为率。文琰曰：“顿烧一寸烛，而成四韵诗，何难之有！”乃与令楷、江洪等共打铜钵立韵，响灭则诗成，皆可观览。

南朝齐国的竟陵王萧子良礼贤下士，敬重人才，萧文琰（兰陵人）、丘令楷（吴兴人）、江洪（济阳人）等一班文人才子都聚集在他的门下，吟诗作赋，显露自己的才华。有一次，竟陵王萧子良在夜晚召集学士们饮宴，吟诗作赋。为了判断谁的诗才敏捷，萧子良在燃烧的蜡烛上刻有记号，规定在点燃 1 寸蜡烛时间内，要写成四韵八句诗，以此为时间标准。文士萧文琰说：“烧完 1 寸蜡烛作出四韵八句诗，有什么难的!”于是，他与丘令楷、江洪等人以敲击铜钵为时间标准作诗，铜钵的响声停止时，他们就写好了诗。

“刻烛击钵”就是从这个故事来的。钵：盛物器具。人们用“刻烛击钵”、“击钵催诗”、“刻烛赋诗”等形容文思敏捷，作诗迅速。也可用以形容文人集会赋诗。

口耳之学

典出《荀子·劝学》：小人之学也，入乎耳，出乎口。

素琴无弦

《劝学》是荀况阐述自己的教育思想的一篇文章。荀况认为，人的知识不是天生的，而是后天学习、教育与环境影响而取得的。学习是没有止境的，要“锲而不舍”，

“用心一也”，不要死读书，也不要浅尝辄止，杂而不专。

荀况写道：君子对于学习，听在耳里，记在心中，体现在一举一动上，因此他的即使是极细小的一言一行，都可以作为别人学习的榜样。小人对于学习，听在耳里，说在嘴上。嘴和耳之间的距离不过四寸，听在耳里说在嘴上怎么能利于自己品德的提高呢？古代的人，学习是为了提高自己；现在的人，学习是为了给别人看。君子学习，是为了陶冶自己的精神、情操；小人学习，则是为了到处卖弄，讨人喜欢。所以，别人没有问就去告诉人家叫做急躁，问一个问题而告诉别人两个问题叫做啰唆。因此，君子回答问题也要适度。

根据荀况的这些论述，后人引伸出“口耳之学”这句成语，指耳朵听进去后，只挂在嘴上说说，而自己全无受益的学问。现常用来指从道听途说中知道的片断知识。

洛阳纸贵

我国西晋时的首都设在洛阳，那里风景优美，名士云集。其中有一位文学家叫左思，他从小时候就刻苦用功，博览群书，写得一手好文章。不过左思其貌不雅，一些文人在背后议论纷纷，大有不屑一顾的意思。

左思成年以后，想写一篇记叙三国时期魏蜀吴的都城洛阳、成都、南京繁荣景象的文章，名称他也早就想好了，叫做《三都赋》。左思四处搜集材料，翻阅古书，之后便不分白天黑夜，冥思苦想地写作起来。这件事传到大文学家陆机的耳朵里，他不以为然地说："我很早的时候就想写一篇《三都赋》，不过觉得困难不少，迟迟没有动笔。如今有个无名书生居然敢来抢先，这也好，等他写完了，正好用来封我那些酒坛子。"

左思听到这些刻薄、挖苦的活，一点儿也不在意，反倒更加努力，锲而不舍。花去整整十年功夫，左思终于写成了《三都赋》。

那时的文学家皇甫谧读到左思的《三都赋》，不住拍案叫绝，连连夸赞，并为这篇文章写了序言。另一个文学家张载还亲自向人们推荐《三都赋》，说文章安排如何精巧，文笔如何优美。

这下子轰动了阳洛城，因为当时还没有发明印刷术，大家都纷纷跑到纸店买纸抄写。据史书上记载，文人学士互相传抄《三都赋》要用好多好多纸，几乎快把纸店的纸抢光了。商人们见到有利可图，就趁机抬高纸价，一时间闹出“洛阳纸贵”的局面。这个关于纸的趣闻，已经成为一句成语，来专门比喻好的文章风行一时。

马头草檄

典出《旧唐书·薛收传》：秦府记室房玄龄荐之于太宗，即日召见，问以经略，收辩对纵横，皆合旨要。授秦府主簿，判陕东道大行台金部郎中。时太宗专任征伐，檄书露布，多出于收，言辞敏速，还同宿构，马上即成，曾无点窜。

薛收，字伯褒，是隋朝内史侍郎薛道衡的儿子。薛收在 12 岁时，就写得一手好文章。隋炀帝（杨广）大业（公元 605～618 年）末年，郡里推举薛收为秀才，但是他不肯答应。

当时，天下英雄豪杰并起，要推翻隋朝的统治。薛收隐遁于首阳山，待机而起。秦府记室房玄龄向李世民推荐薛收，唐太宗当天就召见他，询问治国平天下的方略，薛收纵横捭阖，讲得头头是道，很符合唐太宗的心意。唐太宗授予他秦府主簿的官职，并兼任陕东道大行台金部郎中。当时，唐太宗集中精力征战讨伐，征召或声讨一类的文书、捷报、布告等等，大都是由薛收起草写成的。薛收草拟文稿时写得特别快，有时在马上写成，如同事先写好的一样，文句都不需要改动。

“马头草檄”就是从这个故事来的。檄：檄文，古代征召或声讨一类的文书。人们用“马头草檄”形容文思敏捷。

妙笔生花

典出五代·王仁裕《开元天宝遗事·梦笔头生花》。

唐代诗人李白是继屈原之后的我国古代的又一伟大的浪漫主义诗人。他的诗歌在我国文学史上闪耀着灿烂的光芒。传说，他少年时代曾做过一梦，梦见他的笔头上生了花。后来便天才赡溢，文思敏捷，斗酒百篇，超群出众。

而今天看来，李白在诗歌创作上的伟大贡献，绝非得力于梦，而是他丰富的经历和刻苦学习的精神所铸成的。

后人把“梦见笔头生花”说成“妙笔生花”，用来称赞别人杰出的写作天才。

名不虚传

薛道衡是北朝人，他诗做得很好，名气极大，他在做官时，齐国去邀请他观光。他到了齐国，住了半年，那天刚巧是正月，当时正月的初七，称为人日，他就在那一天做了一首纪念人日的诗。齐国有人看到他的诗，念着头两句：“立春才七日，离家已半年。”接着就批评他说：“人家都说这个人很会作诗，他诗中所说的是什么话呀！”后来看到后两句：“人归落雁后，思发在花前。”不禁大加赞赏道：“真是名不虚传。”

后人指一个人既有了名气，一定总有些本领，绝不会虚传的。现在凡是人家做事有好的表现，总是用“名不虚传”四字来恭维。

名人酒徒

东晋偏安江南约一百年，当时最流行的风俗是清谈。有人不务世事、高谈空论：有人放浪形骸，饮酒高歌，竹林七贤中的刘伶就是纵酒放荡最出名的一个。

刘伶当时在东晋做建威将军，每天都要饮一石酒。有时不醉、有时微醉，酒醒以后又继续饮五斗。刘伶一

徒宅忘妻

想喝酒就向其妻要，他的妻子很不赞成刘伶这样狂饮，就对他说："喝酒非养生之道。"劝他戒酒，刘伶回答说："你的意见很对，我发誓从此戒酒，今天你给我买五斗酒，饮最后一次。"刘伶拿到五斗酒以后，又说："天生刘伶，以酒为名，一饮一石，五斗解醒，妇人之言，慎莫可听。"说完又狂饮起来。

当时，如刘伶这样嗜酒的不乏其人，下面略单一二。

晋末宋初的陶渊明是名闻遐迩的田园诗人，他辞官以后就住在庐山的栗山与里山之间的一块大石头旁。这块大石可坐10人，在此可仰视瀑布，他在兴致来时坐在大石上饮酒，酒醉后就仰卧在大石上。他的朋友颜延之顺路来看他。就与他同饮。见他生活困顿，临走留下二万钱让他买米，而陶渊明得到钱却又送给酒家了。

据说吴兴太守陆纳与大司马桓温是酒友。陆纳问桓温的酒量，桓温说："饮酒三升就会醉，吃肉不过十块。"陆纳临行时邀桓温喝酒，桓温欣然接受。陆纳只带来酒一斗，鹿肉一块，同坐的人怪他带的酒肉太少。陆纳则说："桓公的酒量只有三升，我的酒量只有二升，所以只带一斗酒来。"说完，宾客们才觉得陆纳为人的确率真，他只管自己和约好的酒友。

排沙简金

典出《世说新语·文学》：孙兴公云："潘文烂若披锦，无处不善；陆文若排沙简金，往往见宝。"

东晋大文学家孙绰（字兴公）说过这样一段话："潘岳（字安仁）的文章写得好，灿烂多彩宛如披着锦绣，没有一个地方不好；陆机（字士衡）的文章虽然不是全篇都好，但自不乏精彩之处，好像排除沙粒，选择金子一样，往往发现宝贝。"

"排沙简金"就是从这个故事来的。排：排除；简：挑选。"排沙简金"的意思是，排除沙粒，挑出金子。人们用它比喻精心筛选，去粗取精。

徘徊歧路

典出唐·骆宾王《为徐敬业讨武曌檄》：若其眷恋穷城，徘徊歧路，坐昧先几之兆，必贻后至之诛。请看今日之域中，竟是谁家之天下。

武则天控制了唐代政权以后，便准备建立大周王朝，自己好当女皇。唐朝开国功臣李绩的长孙徐敬业洞察此事后，便以扬州为根据地，起兵反对武则天。

徐敬业为了扩大影响，发展势力，号召人们起来推翻武则天，就请当时的文学家骆宾王帮他写了一篇声讨武则天的檄文。

骆宾王在檄文中一件一件地数了武则天的罪状之后，就号召皇亲国戚都起来反对武则天。檄文的最后严正地告诉他们说："若其眷恋穷城，徘徊歧路，坐昧先几之兆，必贻后至之诛。请看今日之域中，竟是谁家之天下。"（意思是：如果你们还留恋自己的城池，迟迟不选择自己的道路，贻误早日立功的机会，就一定要按违命而论处。请你们认识清楚，今天的中国，究竟是哪一家的天下。)

后人用“徘徊歧路”来表示在岔路上徘徊，比喻犹豫不决。

七步作诗

典出《世说新语·文学第四》：文帝尝令东阿王七步中作诗，不成者行大法。

应声便为诗曰：“煮豆持作羹，漉叔以为汁。萁在釜下燃。豆在釜中泣：本是同根生，相煎何太急！”

帝深有惭色。

魏文帝曾经命令东阿王在七步之中做成一首诗，如果做不成就要对他施行杀头大法。

东阿王应声做成一首诗道：“蒸煮大豆制作豆羹汤，过滤大豆渗为豆汁。豆秸在锅底下燃烧，大豆在锅中哭泣；豆秸、大豆本是同根所生，为什么煎煮得这样急呢！”

魏文帝听后，脸上表现出非常羞渐的颜色。

“七步诗”揭露兄弟之间互相倾轧，比喻贴切，形象生动。尽管诗不见于曹植本集，却流传很广，脍炙人口，这大概是这篇寓言的功劳吧。郭沫若在《论曹植》（见《历史人物》）中对“七步诗”颇不以为然。他说：“曹丕如果要杀曹植，何必以逼他作诗为借口？子建才捷，他又不是不知道，而且果真要杀的话，诗作成了也依然可以杀，何至于仅仅受了点讥刺而便‘深渐’？所以这诗的真实性实在比较小……借煮豆为喻，使人人能够了解，是这首诗所以普遍化了的原因。但站在豆的一方面说，固然可以感觉到萁的煎迫未免过火，如果站在萁的一方面说，不又是富于牺牲精神的吗？我因而作了一首‘反七步诗’，以为本文的煞尾：‘煮豆燃豆萁，豆熟萁已灰。熟者席上珍，灰作田中肥。不为同根生，缘可甘自毁？’”抄录于此，仅供参考。

强作解人

典出《世说新语·文学》：谢安年少时，请阮光禄道“白马论”。为论以示谢，于时谢不即解阮语，重相咨尽。阮乃叹曰：“非但能言人不可，正索解人亦不可得！”

晋代谢安（公元 320～385 年，字安石，阳夏人）在少年时代，曾向阮裕（字思旷，曾任金紫光禄大夫，又称阮光禄）请教“白马论”。阮裕的学识并不广博，但是对一些疑难问题善于钻研，并且长于归纳、提炼，再难的问题，经他言简意赅地讲出来，既深刻，又明白，真是鞭辟入里。谢安请他讲“白马论”，倒是找准了对象。所谓“白马论”，就是战国时期公孙龙学派提出的“白马非马”的名辩命题。这个命题，揭示事物与概念之间、个体与一般之间的差别，包含事物皆是可分的思想。阮裕认真地讲给谢安听，可是当时谢安不能立即理解阮裕所讲的内容，但又好像有所领悟似的，一再仔细探问。阮裕感叹说：“不但能讲‘白马论’的人不可得，能理解‘白马论’道理的人也不可得了。”

“强作解人”就是从这个故事来的。人们用它讽刺不懂真义而妄发议论的人。

取长补短

典出《孟子·滕文公上》：今滕，绝长补短，将五十里也，犹可以为善国。

战国时代，滕文公做太子时，曾去各国访问。有一次，他去楚国路经宋国时，会见了孟子。孟子给他讲了一些人性本是善良的道理，又勉励他要以尧舜之道来治理天下。滕文公回国时又在宋国会见了孟子。孟子怕他还不明白人性本善和以仁政治理天下的道理，又给他讲了文王、周公的治国之道。当谈到滕国还是可以治好时，他说："现在的滕国，如果截长补短，将近有五十万平方里的国土，如能以仁政治政来治理天下，滕国还能成为一个好国家。"他停了一下接着说："但如不振作精神去痛除积弊，那也就难说了。"滕文公听了孟子这番议论未置可否，只是微微笑了一笑。

文中的"截长补短"是那时丈量土地的方法，相当于现在的"切角补弯"。

后人把"绝长补短"说成"取长补短"，用来表示虚心学习别人的长处，用以弥补自己的短处。

入木三分

典出《书断·王羲之》：王羲之书祝版，工人削之，笔入木三分，言其笔力强健也。

这句成语的来源，出在一个我国历史上极有名的大书法家身上。东晋时代，会稽有一个叫王羲之的人，他做过右将军，所以人们叫他“王右军”。他是我国杰出的大书法家，在历史上享有极高的评价，又有人叫他“书圣”。他写的字既很秀丽，又很苍劲。这是非常不容易的，一般总是秀丽的字显得柔软，苍劲的字显得僵硬，而他竟能脱尘出俗，便见得他书法的功力之深，而这完全是由于他勤学苦练出来的。他即使在休息的时候，也揣摹字体的结构、间架和气势。心里想着，手也随着在衣襟上画着，时间久了，竟把衣服都画破了。

据说有一次，他把字写在木板上，拿给刻字的人照着雕刻，这人先用刀削木板，却发现他的墨迹印到木板里面去有三分深。

用毛笔写字在木板上，而能将笔迹印至三分之深，那当然是一种不足微信的传说，但从这传说中可以见到这位“书圣”所写的字，笔力之雄劲，已到了炉火纯青的地步。后来的人就根据这个故事的情节，引申成“入木三分”这句成语，用来形容人们写文章或说话非常深刻。

入室操戈

入室操戈

典出《后汉书·郑玄传》：时任城何休好《公羊》学，遂著《公羊墨守》、《左氏膏肓》、《谷梁废疾》。玄乃发《墨守》、针《膏肓》、起《废疾》。休见而叹曰：“康成入吾室，操吾矛，以伐我乎！”

后汉时北海有个叫郑玄（字康成）的人，是一个很勤学的读书人，曾入大学读书，学会了些经学的普通学问。后来又去向当时的大名家马融学习，当他学成离开时，马融曾感慨地说：“郑生东去，吾道东矣。”他回乡后，专心研究学问，后来与一个叫何休的研究经学的人为友。

何休著有《公羊墨守》（公羊，传名，公羊高著；墨守，指墨子善守城，喻固守成见）、《左氏膏肓》（左氏，指左丘明所著“左传”；膏肓，喻疾病无法医治）、《谷梁废疾》（谷梁，传名，周时谷梁赤著；废疾，罢病也。）三篇关于这些传的意见的文章，郑康成见了何休的文章后，便作了“发墨守”（发，发扬也）、“碱膏肓（碱，亦作针）“起废疾”三篇文章，来反驳何休的见解。何休看了郑康成的文章后，很感叹地说：“康成兄呀！你真可算是进我的屋，拿我的武器向我进攻了！”意即：用我的学说来攻击我的意思。

这段故事见于《后汉书》的《郑玄传》，原文是：“入吾堂，操吾矛以伐吾乎！”后来的人便将何休的这句话引申为“入室操戈”（戈，武器名，是古人常用的一种武器）一句成语，用来比喻学会了别人的本领就用这本领来反击人的这种情况。

身有至宝

典出《龙门子凝道记·先王枢》：西域贾胡有持宝来售，名曰瀰者，其色正赤如朱樱，长寸者，直腧数十万。龙门子问曰："可乐饥乎？"曰："否。""可已疾乎？"曰："否。""能逐厉乎？"曰："否。""能使人孝弟乎？"曰："否。"曰："既无用如是，而价数十万，何也？"曰："以其险远，而获之艰深也。"龙门子大笑而去，谓弟子郑渊曰："古人有云：黄金虽重宝，生服之则死，粉之人目则眯。宝之不涉于吾身者尚矣。吾身有至宝焉，其值不待数十万而已也。水不能濡，火不能，风日不能飘炙；用之则天下宁，不用则身独安，乃不知夙夜求之，而唯此为务，不亦舍至近而务至远者耶！"

西域的一个经商的胡人，拿着一件名叫瀰的宝玉前来出售。宝玉的颜色像樱桃一样鲜红，直径不过一寸，价值却超过了数十万。

龙门子问道："可以充饥吗？"回答说："不可。""可以治病吗？""不可。""能够驱灾免祸吗？""不能。""能够使人孝悌吗?”“不能。”龙门子然后说:“既然如此无用,为什么价值高达数十万呢?”胡商说:“因为它藏于险峻的地方,很难获得。”

龙门子听了大笑,拂袖离去,对弟子郑渊说:“古人曾经讲过,黄金虽然贵重,但生吞下去,人就会死去,它的粉末进入眼里,人就会变瞎。宝物对我们自身没有什么好处,如此,那么要它干什么呢!其实,人类自身就有无价之宝,它的价值绝不止数十万;而且水不能淹没它,火不能烧毁它,风吹日晒也不能损伤它:应用它可以使天下安宁,不用它也可以保重自身。这样宝贵的东西居然不知勤奋探求,而专为寻找斓一类的宝物去忙碌奔波,不也是舍近求远吗?”

后人用“身有至宝”的这个典故告诫人们,要特别要重视人才的使用。人是最宝贵的,人的聪明才智是比任何珠宝都贵重的。

十年读书

典出《宋书·沈攸之传》:攸之晚好读书,手不释卷，《史》、《汉》多所谙忆，常叹曰："早知穷达有命，恨不十年读书。"

南北朝时期，宋朝有一个人叫沈攸之，字仲达，在前废帝（刘子业）景和元年（公元 465 年）出任豫章王刘子尚车骑中兵参军，封为东兴县侯，食邑 500 户，不久又升迁为右军将军，增加食邑百户。可是，此时宋朝已进入多事之秋，朝廷陷入骨肉相残、君臣互疑的一片混乱中。到宋明帝时，混乱愈益加剧，除了宋明帝自己的儿子，其余残存的诸弟（宋文帝子）和诸侄（宋孝武帝子）几乎全被杀绝。被疑忌的文武大臣，有的被杀，有的带城镇投降魏国。公元 472 年，宋明帝死，子苍梧王继位，内乱更加炽烈。公元 479 年，萧道成灭掉宋朝，建立齐朝。

在这种混乱的政治背景下，沈攸之时而受信任，时而遭排挤；时而飞黄腾达，时而一落千丈；时而被称作忠臣，时而又被叫做逆贼。他的心完全变冷了。

沈攸之晚年喜好读书，手不释卷，《史记》、《汉书》中记载的史实，他都烂熟于心，他常常感叹地说："早知贫穷和发达是命中注定的，何不长期埋头经典，苦读钻研学问呢？"

"十年读书"就是从这个故事来的。人们用它形容长期埋头苦读，钻研学问。

十行俱下

典出《梁书·简文帝纪》：太宗幼而敏睿，识悟过人，六岁便属文，高祖惊其早就，弗之信也，乃于御前面试，辞采甚美。高祖叹曰："此子，吾家之东阿。"既长，器宇宽弘，未尝见愠喜。方颊丰下，须发如画，眄睐则目光烛人。读书十行俱下。九流百氏，经目必记；篇章辞赋，操笔立成。

南朝时期，梁简文帝萧纲（公元503～551年），字世缵，小字六通，是梁武帝萧衍（公元464～549年）的第三个儿子。萧衍死后，萧纲被立为皇帝。萧纲死后被追尊为简文皇帝，称作太宗。

萧纲幼年聪明睿智，见识过人，6岁便会写文章，父亲萧衍感到奇怪：这么小的孩子便能写出文章来？他不相信真有此事，于是把儿子叫到面前测试。结果，儿子写了文章，而且辞藻甚美。萧衍感叹道："我这个三儿子，真是我家的东阿王曹植啊。"萧纲长大后，气度恢宏，喜怒不形于色。方面颊，圆下巴，须发黑漆、整齐，两眼炯炯有神，左右顾盼时显得光彩照人。他读书十分聪敏，凡是儒家、道家、阴阳家、法家、名家、墨家、纵横家、杂家、农家等 9 个学术流派的著作和诸子百家的书籍，他经目不忘，牢记在心；各类文章辞赋，援笔立成。

“十行俱下”就是从这个故事“读书十行俱下”一语而来的。人们用它形容读书十分聪敏。

食古不化

典出《西轩客谈》：前辈说作诗文记事虽多，亦恐不化，余意亦然。谓如人之善饮食者，肴蔌脯醢，酒茗果

白云苍狗

物，虽是食尽，须得其化，则清者为脂膏，人只见肥美而已；若是不化，少闲吐出，物物俱在，为父亦然。

《玉几山房画外录》：可见定欲为古人而食古不化，画虎不成、刻舟求剑之类也。

有一本叫《西轩客谈》的书，里面讲到读书和作文的问题时，有一个很好的譬喻，说："前辈们说，一般人作诗作文，所记的事情虽然很多，恐怕未必都能理解。……譬喻好饮食的人，鲜肉呀咸肉呀蔬菜呀，美酒呀名菜呀水果呀，虽是大吃大饮，但也得能消化，把有营养的物质吸收进去，人便变得脂润健美。若是吃了而不能消化，不一刻全都吐了出来，肉呀蔬菜呀果物呀，仍是原样不变，像没有吃过一般。写文章的事，也和饮食的这种情况一样。"

食古，意即读古书；不化，即是不消化，也就是不理解。食古不化，讲虽然多读古书，但不能理解和使用。这是个很好的譬喻，读书一定要能"化"（理解），"化"了之后才能随自己的意旨来使用，变为自己的东西；否则，将读过的东西原封不动的搬出来，自己既运用失当，别人也不了解你的意思。正如后来有一本讲绘画的书《玉几山房画外录》所说：作画贵能自成风格，若一定要照着古人的作品来画而"食古不化"，结果画虎不成反类犬。

后人用“食古不化”比喻对所学的知识理解得不深不透，不能把它变成自己的东西。

食肉寝皮

典出《左传·襄公二十一年》：食其肉，而寝处其皮矣。

晋国有个州绰，此人聪敏、勇敢而又善战。有一次，齐晋两国在平阴打仗，州绰获胜，并生俘了齐国勇士殖绰和郭最。后来，州绰的好友栾盈与晋国当权的范宣子有矛盾，栾盈被囚，州绰因此出奔齐国。

有一天早朝，齐庄公指着殖绰、郭最说：“他们是我的勇士啊！”州绰心中不服，便说：“大王认为他们是勇士，谁又敢说不是呢？不过在平阴一战，他们是被我生俘过的。”

不久，庄公准备封一批勇士，其中有殖绰、郭最，但却没有州绰。为此，州绰很不满意地对庄公说：“前次齐晋之战，我从平阴打到了齐国的都城，在都城的东门从容不迫地数点过东门的门板，难道还不算勇敢吗？”庄公解释说："你那时是替晋国打我们齐国啊！你到我们齐国来还不久啊！"州绰十分恼怒地说："我在齐国虽是新仆，但殖绰、郭最被我生俘时，他们好比禽兽一般，我恨不得'食其肉，而寝处其皮矣'（意思是：吃他们的肉，把他们的皮剥下来垫着睡觉），那算什么英雄！"齐庄公不管州绰如何恼怒，还是没有封他为勇士。

后人把"食其肉，而寝处其皮"简缩成"食肉寝皮"（寝皮：把皮剥下来当褥子），用来表示仇恨极深。

推敲推敲

典出《诗话总龟》：贾岛初赴举，在京师，一日于驴上得句云："鸟宿池边树，僧敲月下门。"又欲着"推"字，炼之未定，于驴上吟哦，引手作推敲之势，观者讶之。时韩退之权京兆尹，车骑方出，岛不觉行至第三节，尚为手势未已。俄而左右拥之尹前，岛具对："所得诗句'推'字与'敲'字未定，'神游象外，不知回避。'退之立马久之，谓岛曰："'敲'字佳。"遂与并辔而归，共论诗道，留连累日，因与岛为布衣之交。

唐朝时候，有一个读书人，名叫贾岛。有一次，他骑着一匹毛驴赴京都考试。有一天夜晚，路经一个树林，四周十分静寂，树林中有一间寺院，在月色下，景色很优美。贾岛大有感触，诗兴大发，吟出二句非常得意的句子：鸟宿池边树，僧推月下门。

第二天上路，走了一段，他忽然觉得那第二句诗中的“推”字用得不妥当，因为既然在月下，寺门一定已经闭上，那又怎么能推得门呢？这在情理上是说不过去的。于是他想不妨把“推”字改为“敲”字。不久，他又觉得“敲”字也不妥当，因为在那幽静的月下，传来一阵阵的敲门声，太煞风景了。结果，他无法取舍，就在驴背上做起手势来，推一下，敲一下，看哪个字适合。这时，大尹（官名）韩愈（字退之，唐邓州南扬人，大文学家）的队伍从对面过来，贾岛的心思全在诗歌上，根本没有注意回避，韩愈的左右侍者认为贾岛冲犯朝廷官员，把他捉到韩愈面前。韩愈责问他为什么走路不小心，贾岛知道是当朝大文学家韩愈，便将自己苦思着‘推”“敲”二字无法取舍的经过向韩愈说了。韩愈听了，想了一下，对贾岛说“我认为用‘敲’字好些。”后来，韩愈不仅没有将贾岛问罪，并且和他一起谈论起诗来了。

后人于是用“推敲推敲”来比喻斟酌字句，反复琢磨。

唯业公羊

典出《笑林》：有甲欲谒见邑宰，问左右曰："令何所好？"或语曰："好《公羊传》。"后入见，令曰："君读何书？"笑曰："唯业《公羊传》。"试问："谁杀陈佗者？"甲良久对曰："平生实不杀陈佗。"

有个人将要拜见县令。事先他问县令的随从："县令大人喜欢什么呢？"有人告诉他说："县令最喜欢《公羊传》这部书！"

后来见到县令，叙谈之中县令问他："先生现在读什么书呢？"他趁机答道："专一攻读研究《公羊传》。"县令考问他说："谁是杀害陈佗的凶手呢？"这人从来没有读过《公羊传》，一听县令发问，以为是谈论一件人命案，目瞪口呆了半天才说："我这辈子确实没有杀过陈佗。"

后人用"唯业公羊"的这个典故告诉我们不懂装懂，就会闹出笑话；在知识的问题上来不得半点虚假。

闻一知十

典出《论语·公冶长》：子谓子贡曰：“女（同“汝”）与回也，孰愈？”对曰：“赐也何敢望回？回也闻一以知十，赐也闻一以知二。”子曰：“弗如也，吾与女弗如也。”

春秋时期，孔子有两个学生，都比较有才能。一个是子贡，能言善辩，积极参与政治活动，在鲁、卫等国当过大官。另一个是颜回，他生活俭朴，聪明好学，有较高的道德修养。颜回不幸早死，孔子极度悲伤。

有一次，孔子问子贡说：“你和颜回两个人相比，谁更好一些？”子贡回答说：“我端木赐（子贡为字，端木为姓，赐为名）怎么敢和颜回相比呢？颜回听到一件事就可以推知十件事；我呢，听到一件事只能推知两件事。”孔子说：“是不如他，我同意你说的，你是不如他。”

“闻一知十”就是从这个故事来的。它的意思是说，听到一点知识就能懂得许多道理。用来形容聪明过人，善于类推，能够举一反三。

问一得三

典出《论语·季氏》：陈亢退而喜曰："问一得三：闻《诗》，闻《礼》，又闻君子之远其子也，"

春秋时，孔子有个亲生儿子叫孔鲤，字伯鱼。当时，在孔子的学生中，有些人认为孔子在教学上不一定把全部知识都传授给学生，还有人怀疑孔子对自己的儿子可能教的更多一些。

有一天，孔子的学生陈亢问伯鱼："您在老师那里听到过什么特别的教导吗？"伯鱼回答说："没有。有一天，他（孔子）一个人站在那里，我快步经过庭院。他问我：'学过《诗》吗？'我说：'没有。'他说：'不学《诗》，（在官场中）就不会说话。'我回去就学《诗》。又有一天，他又是一个人站在那里，我从他面前快步经过庭院。他问我：'学过礼吗？'我说：'没有。'他说。'不学礼，就站不住脚。'我回去后就学礼。我只知道这两件事。"

陈亢听了孔鲤的回答，心里很高兴。他说："我提一个问题，得到三点收获：了解到学《诗》的道理；了解到学礼的道理；又了解到君子不偏向自己的儿子。”

后人用“问一得三”比喻问的少，得到的多。

无益反损

雅歌投壶

典出《笑禅录》：举：《坛经》云：“诸佛妙理，非关文字。”说：一道学先生教人只体贴得孔子一两句言语，便受用不尽。有一少年向前一恭，云：“某体贴孔子两句极亲切，自觉心广体胖。”问：“是哪两句？”曰：“食不厌精，脍不厌细。”颂曰：自有诸佛妙义，莫拘孔子定本；若向言下参求，非徒无益反损。

有一个道学先生本身就是半瓶子醋，他教育他的学生说："只要懂得孔老夫子的一两句言语，就会受用不尽。"话刚讲完，有一个学生上前深鞠一躬说："老师说得太好了，我对孔老先生的两句话感到非常亲切。"这位先生问："是哪两句话啊？"学生说："'食不厌精，脍不厌细'。"

后人用这则寓言强调对于经典著作的言论不能寻章摘句，机械执行，否则无益反损。道学先生教人只要能体会孔子一两句话便受用不尽，他们把孔子由凡人捧为神人，认为孔子的言论一句顶一万句，完全是欺人之谈。

五行俱下

典出《后汉书·应奉传》：奉少聪明，自为童儿及长，凡所经履，莫不暗记。读书五行并下。为郡决曹史，行部四十二县，录囚徒数百千人。及还，太守备问之，奉口说罪系姓名，坐状轻重，无所遗脱，时人奇之。

东汉，有一个人叫应奉，字世叔，汝南南顿人。应奉从小就很聪明，他自孩提时代起直到长大成人，凡所经历的事，无不记得清清楚楚。读书时五行并读，神速而敏捷。他在郡里当治狱官时，到所属的 42 个县巡视，考核囚徒数百上千人。回郡以后，太守问得很详细，应奉一一说出罪犯的姓名，及每人所犯罪过的轻重情节，没有一点遗漏，人们觉得他的记忆力太不平常了。

据说，有一次应奉和同事许训一起到京师去。从乡里出发以后，许训把一路上见过的长吏、宾客、亭长、吏卒、奴仆等人都暗地里登记下来，要试一试应奉的记忆力。从京师回到郡里以后，许训把那个长长的姓名登记薄拿给应奉看，应奉说：“上次在颍川纶氏都亭吃饭时，一个姓胡的亭长带着名叫禄的仆人，给我们送水浆喝，为什么没有登记上呢?”听了他的话后，在座的人都大吃一惊，被他那惊人的记忆力所折服了。

“五行俱下”就是从这个故事来的。人们用它形容读书特别神速敏捷。

燃烛而行

典出《赞刘谐》：有一道学，高屐大履，长袖阔带，纲常之冠，人伦之衣，拾纸墨之一二，窃唇吻之三四，白谓真仲尼之徒焉。时遇刘谐。刘谐者，聪明，见而哂曰："是未知我仲尼兄也。"其人勃然作色而起，曰："天不生仲尼，万古长如夜，子何人者，敢呼仲呢而兄之?"刘谐曰："怪得羲皇以上对人尽日燃纸烛而行也!"

有个道学先生，脚登高底大鞋，甩着长袖，拖着宽带，头戴一顶三纲五常的帽子，身穿一件伦理道德的衣裳，从故纸堆里来一两句儒家经典，陈词滥调，念诵不已，自以为是货真价实的仲尼弟子。

有一次，他正好碰到刘谐。刘谐是个聪明而有学问的人，看见他这副样子，嘲笑地说："你这样实际是不了解我仲尼老兄。"道学先生气得变了脸色，站起来说："'天下生仲尼，万古长如夜'，你算什么人，竟敢直呼夫子的名字而称兄道弟!"刘谐说："噢，怪不得羲皇以前的圣人不分昼夜整天点着灯笼走路啊。"

后人用"燃烛而行"的这个典故告诉人们，对人对事，要实事求是，不能言过其实，更不能漫天夸大，就会露出破绽，被人击败。像这个道学者把孔子漫天夸大，"天不生仲尼，万古长如夜"，被刘谐一击，就再无回手的余地了。

秀才康了

典出《谈斋闲览》：柳冕秀才性多忌讳，应举时，同辈与之语，有犯“落”字者，则忿然见于词色。仆夫误犯，辄加杖楚。常语“安乐”为“安康”。忽闻榜出，亟遣仆视之。须臾，仆还，冕即迎问曰：“我得否乎？”仆应曰：“秀才‘康’了也。”

有个名叫柳冕的秀才，生性乖僻，颇多忌讳。

一年适逢乡试，应考举人。同场的考生与他闲谈，无意中说了“落”的同音字，他认为犯了“落第”的忌讳，忿然作色，溢于言表。

他的仆人，误犯了忌讳，更是拳打脚踢，棍棒相加。因此，仆人处处留意，事事小心，常常把“安乐”说成“安康”。

考试后，听说已经放榜，柳冕急不可耐，吩咐仆人赶快去看。不一会儿，仆人返回。他怀着希望和担忧的心情，远远迎上前去，高声问道：“我中了吗？”仆人唯恐犯忌，战战惊惊地说：“秀才‘康’了！”

后人用“秀才康了”的这个典故告诉人们，事物是客观存在的，并不以人们的主观意志为转移。这位秀才形而上学猖獗，唯心主义十足，恐怕落第，连个“落”字也不许人家说，结果还是“落”了。仆人的一个“康”字，真是极尽讽贬的绝妙之词。

悬梁刺股

典出《太平御览》卷三六三引《汉书》：孙敬字文宝，好学，晨夕不休。及至眠睡疲寝，以绳系头，悬屋梁。

《战国策·秦策一》：（苏秦）说秦王书十上而说不行。黑貂之裘弊，黄金百斤尽，资用乏绝，去秦而归。羸縢履蹻，负书担橐，形容枯槁，面目犁黑，状有愧色。归至家，妻不下衽，嫂不为炊，父母不与言。苏秦喟叹曰：“妻不以我为夫，嫂不以我为叔，父母不以我为子，是皆秦之罪也。”乃夜发书，陈箧数十，得太公阴符之谋，伏而诵之，简练以为揣摩。读书欲睡，引锥刺其股，血流至足。曰：“安有说人主不能出其金玉锦绣，取卿相之尊者乎？”期年，揣摩成，曰：“此真可以说当世之君矣！”于是乃摩燕乌集阙，见说赵王于华屋之下，抵掌而谈。赵王大悦，封为武安君。受相印，革车百乘，锦绣千纯，白璧百双，黄金万镒，以随其后，约从散横，以抑强秦。

悬梁刺股

战国时，楚国有一位贤士，名叫孙敬，他到洛阳求学，为了勤于学习，怕睡眠困扰，所以把头发悬挂在梁上，如果读书读得疲困，眼睛一闭上，睡着了，头必然要低下来。头一低，那悬在梁上的头发，自然会把他拉醒，他就可继续读书。

战国年间，苏秦的家里并不富有，他曾拜当时名学者鬼谷先生为师，学得了一套治国平天下的理论，想献身用事。

那时秦惠文王励精图治，招揽贤才。苏秦应募前往，贡献出他治国安邦大计。秦惠文王未能采用他的计划，他只得怏怏地回到洛阳。家中父母见这儿子没出息，连工作也找不着，直对他叹气，老婆更不必说了，坐在纺车上织布，不用正眼看他。他肚子饿极了，只得厚着脸皮，向嫂嫂讨一碗饭吃。嫂嫂对也没有好脸色，厉声地说："还吃饭哪？连烧饭的柴火都没有了！"苏秦被抢白得几乎流出泪来。

他回到自己房中，仰屋兴叹："一个人贫穷的时候，妻不认为他是丈夫，嫂不认为他是小叔子，父母不认为他是儿子，我有什么可说的呢！"

于是他发奋读书，夜里读书困倦的时候，他就用锥子扎自己的大腿防止瞌睡，血一直流到足踝，当然痛得睡不着觉了，就这样夜以继日的研究，一年有成。最后，苏秦终于发达了，他在秦国贡献出一统天下的政略没有获得成功，他立刻改变政略，说服山东（太行山之东）六国（齐、楚、韩、赵、魏、燕）联合起来结成了一条"合纵"的战线，一致反抗秦国，不让秦国出潼关一步。

因此，苏秦佩带了六国相印，从楚国回赵，仪仗队摆了有几里路长，骑兵步卒，执戈持盾，围绕在苏秦座车之旁，车前车后，旌旗蔽天。各国诸侯派来的专使，随节获送，俨如一个国君出巡。当苏秦车驾经过洛阳自己家门，苏秦的嫂嫂、弟弟、老婆，看到这副威仪，吓得俯卧在地，头都不敢抬。从前那副势利相，现在变成可怜虫了。苏秦回到赵国后，赵肃侯立即封他为武安君。

后人用“悬梁刺股”形容刻苦自学。

学而不厌

典出《论语·述而》：学而不厌，诲人不倦，何有于我哉？

孔子在教学上有丰富的经验，常常和学生们一道研讨问题。他一走入学生群中，学生们总是提出各种问题来请教他，而孔子总是耐心地给学生解答。一天上课之余，一个学生问孔子道：“老师，你苦口婆心地教导我们，希望我们将来有所出息，根据目前我们的实际情况，你觉得哪些问题应该引起我们注意，哪些事情是你最忧心的呢？”孔子和善地看了看这个学生然后说：“品德没有很好地培养，学问没有很好地深钻巩固，听到说要做好事，却不身体力行，自己有了缺点，却不立即改正，这些都是我的忧虑。”接着另一个学生问道：“老师，我们学得的知识怎样才能巩固呢?”孔子回答说:“(学了之后,要经常复习)才能把学得的知识巩固下来,才会越学越有兴趣。”孔子给学生解答问题恳切又耐心,释去了学生脑海中一个又一个的疑问,大家很受感动,情不自禁发出了感叹:老师真好啊!老师不但在学习上不知疲倦,而在教导我们上又这样耐心,真是难能可贵啊!孔子听了学生们的赞扬,谦逊地说:“学而不厌,诲人不倦,何有于我哉?”(意思是:学习努力不厌弃,教导别人不知疲倦,这些事我做到了哪些呢?)

后人用“学而不厌”表示专心学习,不知疲倦,不知满足。

压倒元白

典出五代·王定保《唐摭言》卷三:汝士其日大醉,归谓子弟曰:“我今日压倒元、白。”

唐敬宗(李湛)宝历(公元825～827年)年间,宰相杨嗣复在家中大宴宾客,著名的诗人元稹、白居易都应邀出席,大家在酒席上当场赋诗。刑部侍郎杨汝士最后写，也写得最好，元稹、白居易看后都很吃惊。

那天，杨汝士喝得大醉，回家后对子弟说："我今天压倒元、白。"

"压倒元白"就是从这个故事来的。人们用它形容诗人出众，超过同时代著名作家。

沿河求石

典出《阅微草堂笔记》：沧州南，一寺临河干，山门圮于河，二石兽并沉焉。阅十余岁，僧募金重修，求二石兽于水中，竟不可得。以为顺流下矣，棹数小舟，曳铁钯，寻十余里无迹。一讲学家设帐寺中，闻之，笑曰："尔辈不能究物理。是非木，岂能为暴涨携之去？乃石性坚重，沙性松浮，湮于沙上，渐沉渐深耳。沿河求之，不亦谬乎？"众服为确论。一老河兵闻之，又笑曰："凡河中失石，当求之于上流。盖石性坚重，沙性松浮，水不能冲石，其反激之力，必于石下迎水处，啮沙为坎穴，渐激渐深，至石之半，石必倒掷坎穴中。如是再啮，石又再转，转转不已，遂反溯流逆上矣。求之下流，固慎，求之地中，不更慎乎？”如其言，果得于数里外。然则天下之事，但知其一、不知其二者多矣！可据理臆断欤？

在沧州南面，有一座寺庙临河建起，山门倒塌在河里，两个石狮都沉到河心去了。过了十多年，庙里的和尚打算募化一些金钱重新修建，便叫人到河中寻找那两个石狮，竟然没能寻到。都以为石狮是顺河流到下游去了，便划了几只小船，拖着铁钯，找寻了十多里地，也没发现石狮的踪迹。

有一位讲学先生正在寺庙中设帐讲学，听说这件事，笑着说：“你们这些人不会研究物理。石狮又不是屑片子，难道能被暴涨的洪水冲带而去吗？石头的性质是坚硬沉重的，而沙子的性质是松软浮动的，石头埋没在沙堆里，一定是渐沉渐深了。沿着下游的河水去寻找石狮，不是神经错乱了吗？”众人认为这是正确的说法，都是十分佩服。

有一位老河兵听说了这件事，又笑着说：“凡在河里丢下石头，都应当到上游去寻找。这是因为，石头的性质坚硬沉重，沙子的性质松软浮动，流水不能冲动石头，但冲激石头的反激力量，必定是在石头底下迎水的地方，它冲刷着沙子形成了坑穴，而且渐激渐深，到了石头下大半空着时，那石头必定要向前倒落到坑穴当中。像这样，水的激流再冲刷沙坑，石头又再倒转，转了又转，一直转个不停，于是那石头就反倒逆流而上了。因此，到下游去寻找石头，固然是神经错乱；到地底下去寻求石头，岂不更是神经错乱吗?”大家按着老河兵的话去寻找，果然在上游的好几里外找到了石狮。

这样看来，天下的事情只知其一、不知其二的人多着哩！难道可以按照个人的理解胡乱猜测吗?

后人用这则寓言说明实践出真知。老河兵的正确判断，来源于他对水流现象的丰富实践经验；讲学先生是凭书本理论吃饭，一般人又是单凭主观猜测，所以都是“只知其一，不知其二”，结果既解决不了实际问题，又闹出了大笑话。这个教训是深刻的。沉重的石头掉在流水中，不往下冲，反而向上溯，看来十分奇特，却合乎科学道理。那些光凭教条、空谈理论、依据臆断的人，可以休矣！

晏子使楚

典出《晏子春秋·内篇杂下》：晏子使楚。楚人以晏子短，为小门于大门之侧而延晏子。晏子不入，曰：“使狗国者从狗门人，今臣使楚，不当从此门入。”傧者更道，从大门入。

见楚王。王曰：“齐无人耶？使子为使。”

晏子对曰：“齐之临三百闾，张袂成阴，挥汗成雨，比肩继踵而在，何为无人！”

王曰：“然则何为使子？”

晏子对曰：“齐命使，各有所主。其贤者使使贤主，不肖者使使不肖主。婴最不肖，故宜使楚矣。”

齐国的晏子，出使到楚国去。楚国人认为晏子身材矮小，想奚落他一顿，事先特地在大门旁边开了个小门。晏子到了，楚人请晏子从小门进去。晏子不肯进去，说：“只有出使狗国的人，才从矮小的狗洞中爬进去。今天，我是出使堂堂的楚国，不应当从这张狗门进去。”招待他的人只得换一条路，让晏子从大门进去了。

晏子拜见楚王。楚王说：“齐国没有人吧？怎么派遣你作使者！”

晏子回答说：“齐国的都城临淄横街竖巷，鳞次栉比，人来人往，熙熙攘攘，人们张开袖子，可以遮住半边天；大家甩一把汗，整个天空就会像下雨一样，喧腾的人流中，人们肩并着肩，脚挨着脚，怎么会没有人呢！”

楚王说：“既然如此，那么为什么要派遣你这样的人?”

晏子回答说：“我们齐国派遣使者，各有一定的对象。哪个国家的君主贤明，就派有远见卓识的使者到那里去；哪个国家的君主昏庸，就派不学无术的使者到那里去。我晏婴最没有出息，所以最适宜出使到楚国来。”

倚马可待

典出南朝·宋·刘义庆《世说新语·文学》：唤袁倚马前令作，手不辍笔，俄得七纸，殊可观。

倚马可待

晋朝有个袁虎，少年时家境清贫，但学习抓得很紧，从不懈怠。为了维持生活，袁虎常去帮人运货。一次，他替人拉船至牛渚，夜舶江边，眼见风轻月朗，不禁感慨油生。他情之所致，兴之所发，于是吟成五言咏史诗一首，闻者皆奇。当时，西安豫州刺史谢尚正在牛诸江边，闻知袁虎诗出不凡，遂同舟共论诗文。谢尚深爱袁虎之才，便推举他作了个参军。后来袁虎又到桓宣武府作记室，桓宣武对袁虎的文笔也很欣赏。有一次，桓宣武出征，袁虎跟从。一天桓宣武令袁虎拟个公文，袁虎奉命后就倚在马旁，倾刻间写满了七张纸。这篇公卑内容充实，条理清楚，文字畅达。

后人把这个故事概括为“倚马可待”，用以表示文思敏捷，下笔成章。

郢书燕说

典出《韩非子·外储说左上》。

古时候，有个人从楚国的郢都写信给燕国的相国。这封信是在晚上写的。写信的时候，烛光不太亮，此人就对在一旁端蜡烛的仆人说：“举烛”（把蜡烛举高一点）。可是，因为他在专心致志地写信，嘴里说着举烛，也随手把“举烛”两个字写到信里去了。

燕相收到信以后，看到信中有“举烛”二字，琢磨了半天，自作聪明地说：这“举烛”二字太好了。举烛，就是倡行光明清正的政策；要倡行光明，就要举荐人才担当重任。燕相把这封信和自己的理解告诉了燕王，燕王也很高兴，并按照燕相对“举烛”的理解，选拔贤能之才，治理国家。燕国治理得还真不错。

郢人误书，燕相误解。国家是治了，但根本不是郢人写信的意思。这真是一个穿凿附会的典型例子。

后人用“郢书燕说”比喻穿凿附会，曲解原意。

映月读书

典出《南史·孝义传》：江泌，字士清……少贫，昼日斫原为业。夜读书，随月光，光斜则握卷升屋，睡极堕地则更登。

南朝齐江泌，小时家穷。白天，他要帮助家庭搞些手工业来维持生活。晚上，人们休息了，他却抓紧时间来学习。屋子里没灯光，他把书本拿到屋子外面，利用月光学点东西。月光是要移动的，慢慢地西斜了，江泌就搬梯子来，搁在墙脚下，站在梯子上念书；跟着月亮下坠，他也一级一级升高，一直爬到屋顶。有时，他白天工作累极了，晚上精神支持不住，看看书本，人渐渐地迷糊起来，眼睛闭上了，一下子，人从梯子上摔下来，江泌摔痛了，也摔醒了，神志反而振作起来。于是，他拾起地上的书本，好像没这回事似的，身上的泥土也不挥掉，又赶紧爬上了梯子，继续一句一句地读下去。

后人用“映月读书”形容勤奋读书。

朱衣点头

典出明·陈耀文《天中记》卷三十八引《侯鲭录》：欧阳修知贡举日，每遇考试卷，坐后常觉一朱衣人时复点头，然后其文人格……始疑侍吏，及回顾之，一无所见。因语其事于同列，为之三叹。尝有句云：“唯愿朱衣一点头。”

宋代人欧阳修（公元1007～1072年），字永叔，号醉翁，晚年又号六一居士，庐陵（今江西吉安）人。公元1030年（宋仁宗天圣八年），他考中进士，从此在地方和中央做官。他在要求改革弊政的同时，又着手改革文风，在北宋的文学革新运动中做出了卓越的贡献。

欧阳修做主考官时，每当科举考试后阅读考生的卷子，经常觉得自己的坐位后边站着一个穿红衣服的人，时时点头。凡是他点了头的卷子，必定合格。开始，欧阳修怀疑是侍吏在背后捣鬼，待他回头看时，空无一人。他把这件怪事对同僚们说了，大家不免为之再三感叹。所以，后来曾有人吟下这样的诗句："唯愿朱衣一点头。"

"朱衣点头"就是从这个故事来的。人们用"朱衣点头"表示文章被考官看中入选。

捉刀代笔

典出南朝·宋·刘义庆《世说新语·容止》：魏王雅望非常，然床头捉刀人，此乃英雄也。

东汉末年，曹操挟持汉献帝，把持朝政。有一次，曹操将要接见匈奴的使者，但他认为自己相貌丑陋，不能够在匈奴使者面前显示威武，就让崔季珪代替。这个崔季珪长得眉清目秀，一表人才，《三国志·魏书》说他“声姿高畅，眉目疏朗，须有四尺，甚有威重”。

接见这一天，崔季珪穿戴起曹操的衣帽，曹操自己却握刀站在崔季珪座位的旁边。接见以后，曹操派人去问这个使者：“您觉得魏王（曹操）这个人怎么样啊？”匈奴使者回答说：“魏王的威望非常高，然而在座位旁边握刀的人，才是英雄啊！”曹操听了以后，派人杀掉了那个使者。

根据这个故事，后人演变而称代人作文为“捉刀”并引伸出“捉刀代笔”这句成语，指替人代笔写文章。

自出机杼

典出《叔苴子·外编卷二》：昔王丹吊友人之丧。有大侠陈遵者，亦与吊焉；赙助甚盛，意有德色。丹徐以一缣置几而言曰：“此丹自出机杼也。”遵大惭而退。

今学士之文，其能为王丹之缣者几何哉？

从前，王丹去吊友人的丧。大侠陈遵也参加吊丧；陈遵资助的东西很多，露出骄傲得意的神色。王丹慢慢地把一匹细绢放在几上，向友人的灵位拜着说："这是我亲手从织布机上织出来的。"陈遵看自己的礼物没有一件是自己作的，就十分惭愧地退走了。

现在学士们的文章，能像王丹自织的细绢一样的又有多少呢？

这个故事说明：贵在独创，做事看问题一定要有自己的见解和主张。

爱莫能助

典出《诗经·大雅·烝民》：爱莫助之。又见明·冯梦龙《警世通言·王安石三难苏学士》：子瞻左迁黄州，乃圣上主意，老夫爱莫能助。子瞻莫错怪老夫否？

宋朝文学家苏东坡在宰相王安石手下当门生时，自恃敏慧，不够虚心谨慎，因而被降为湖州刺史。他在湖州任满后回到京城，便去拜谒老师。恰逢王安石昼卧未醒，只得在书房等候。

苏东坡见宰相的书桌上有一素笺，上有诗二句："西风昨夜入园林，吹落黄花满地金。"他兴之所发，不能自

爱莫能助

已，提笔在素笺上续诗二句道：“秋花不比春花落，说与诗人仔细吟。”苏东坡题诗后，便离去了。

午休后，王安石来到书房，看到苏东坡写下的诗句，恶其轻薄之性不改，便密奏天子，降苏东坡为黄州团练副使。苏东坡明知因续诗触犯了王安石而贬官，但不得不前去谢恩。苏东坡到大堂拜见宰相，王安石待以师生之礼。他对苏东坡说：“子瞻左迁黄州，乃圣上主意，老夫爱莫能助。子瞻莫错怪老夫否？”苏东坡赶忙回答说：晚学生自知才力不及，岂敢怨老太师！”王安石笑道：“望你到了黄州，认真学习，以增长知识。”苏东坡点头，拜辞而去。

苏东坡到黄州后将近一年，时当重九之后，连日大风，一日风息，他到后园赏菊，只见满地铺金，枝上全无一朵，惊得目瞪口呆，半晌无语。这时他才醒悟道："以前只说老师揭我短处，公报私仇，谁知他并没有错，倒是我错了。我辈一定要牢记，切忌不可轻易笑人！"一年任期满后，苏东坡到京拜伏于地，向老师赔罪。王安石因重其才，乃奏过天子，复了苏东坡翰林学士的官职。

后人用"爱莫能助"表示虽对人同情，但无力帮助。

霸陵呵夜

典出《史记·李将军列传》：（广）还至霸陵亭，霸陵尉醉，呵止广。广骑曰："故李将军。"尉曰："今将军尚不得夜行，何乃故也！"止广宿亭下。

西汉时有一个名将叫李广，他与匈奴打过七十多次仗，屡立奇功，声名显赫。匈奴人很怕他，称他为"汉朝的飞将军"。有一次李广作战失败，被匈奴人抓去当了俘虏。他虽想办法逃了回来，但按当时的法律是犯了大罪，该被杀头。但皇帝念他功劳大，只是罢了他的官，贬为平民，闲居在蓝田南山中，一去数年。

李广喜欢射箭，隐居时，也经常与友人一起外出射猎。有一回，他误将草中的石头当作老虎，一箭射去，竟将箭深深地射入石中。李广真不愧为一代名将，箭术精湛，神力惊人。

一天晚上，李广带了一个随从出去射猎，又和别的人喝了不少酒，夜深了才往回走，归途中路过霸陵亭，遇上了霸陵县尉。县尉也喝了酒，醉醺醺的。当时的规定是夜晚不准在外行走，县尉就呵斥李广，不准他再往前走。李广的随从很不服气，就对县尉说："你知道这是谁吗？这是原来的李将军啊！"县尉却不买账，他大声叫道："就算是现任的李将军，也不能违反规定夜间行路，更何况是原来的李将军呢。"

在一个小小的县尉面前，名满天下的李广没有办法，只好与随从在霸陵亭住了一夜，第二天才返回家中。

后人用"霸陵呵夜"的典故形容失势后受到欺凌冷遇；也用来抒写失势后的郁闷心情。

霸王别姬

典出《史记·项羽本纪》：项王军垓下，兵尽食尽，汉军及诸侯兵围之数重，夜闻汉军四面皆楚歌，项王乃大惊曰："汉皆已得楚乎？是何楚人之多也！"

秦末楚汉相争，西楚霸王项羽被刘邦几十万大军围困在垓下，刘邦的士兵愈来愈多，围了一层又一层。而项羽的士兵不断逃亡，此时的项羽，才真正感到日暮途穷，万念俱灰。

当夜幕降临时，项羽痛苦地坐在大帐下。突然，他听到一阵"呜呜"的笛声随风飘来，那笛声忽高忽低，如泣如诉，好不令人凄惨！啊，这声音多么熟悉！不就是楚国的音乐吗？为什么汉兵中有那么多的人懂楚国音乐？难道楚国的土地全被他们占领了？这时，他听到兵营中传来痛哭的声音。完了！完了！楚军快灭亡了！项羽只好长长地叹息。

他叫醒正在睡觉的美人虞姬，要她起床来陪伴他。两人默默地坐着，你看看我，我看看你，眼泪像珍珠似地掉下来。半晌，项羽起身说：“来，我唱楚歌，你跳楚舞。”接着，项羽就唱了起来：“力能拔山啊气盖当世，时道不利啊骏马不奔驰。无可奈何啊无可奈何，虞姬呀虞姬，你又怎么办?”这歌声慷慨凄凉，催人泪下。虞姬再也跳不下去了，靠在项羽的身边，跟着反复地唱起来，唱了一会儿，虞姬无法忍受这样的痛苦，就拔剑自杀了。而项羽站在一旁，呆若木鸡，只有眼中的泪水不断地往外涌出。

手下的将士见了，都失声痛哭起来。

后人用“霸王别姬”这个典故形容英雄末路时的悲壮情景；又用“四面楚歌”、“垓下之围”等典故形容穷途受困，四面受敌，处境孤危。

白虹贯日

典出《史记·邹阳列传》：昔者荆轲慕燕丹之义，白虹贯日，太子畏之。

战国时，燕国太子丹想刺杀秦始皇，物色了一个叫荆轲的刺客。一天，荆轲对太子丹说：“感谢太子对我的热情款待，我愿竭诚为太子去刺杀秦王。但我想了很久，用什么方法去取信秦王，接近秦王呢？我想，最好带上燕国督亢地区的地图和樊将军的头颅去秦国，这样，秦王必然接见我，我就可以利用这个机会杀死秦王。”

太子丹犹豫地说：“樊将军得罪了秦王，从秦国逃出来投奔我，他的一家人因此被秦王杀害了。我怎么忍心割下他的头颅呢？看是不是有其它的方法？”

等太子丹走后，荆轲私下见樊将军，骗他自杀，取得了头颅，用一个盒子把它装好，然后又在赵国购得一把锋利无比的匕首，淬上毒药。于是，荆轲带着樊将军的头颅、燕国督亢的地图和赵国匕首准备出发。

临行的那天，燕太子丹见荆轲不愿动身，就对他说：“荆大侠，太阳就快下山了，不知你是否愿意在今天出发？”荆轲一听，不高兴地说：“我本想等一个朋友，但迟迟不来。既然太子催促，那我就动身吧！”说完，荆轲愤然登上车子，不辞而别。这时，太子丹仰望天空，发现一道白色长虹横跨在蓝天之下，他不禁全身猛地一震，叹息说：“这次行动一定要失败啊！白虹是不祥的预兆！”

后来荆轲刺杀秦王失败了，太子丹沮丧地说：“唉，我早就知道了！”

后人用“白虹贯日”表示不祥的征兆。

白马清流

白马清流

典出《新五代史·李振传》：（李）振尝举进士咸通、乾符中，连不中，尤愤唐公卿，及裴枢等七人赐死白马驿，振谓太祖曰："此辈尝自言清流，可投之河，使为浊流也。"太祖笑而从之。

唐朝末年，封建势力纷纷割据，天下大乱。有一个叫李振的人，本是唐朝廷的金吾卫将军，他看到形势骤变，就投靠了实力雄厚的割据者朱温（朱全忠）。李振替朱温出谋划策，杀死了唐昭宗（李晔），又杀掉了唐朝的一些旧臣。

李振对唐朝的一些旧臣怀有仇恨。他在唐懿宗咸通（公元860～874年）年间和唐僖宗（李儇）乾符（公元874～879年）年间，一连几度下科场考进士，都没有考中。所以，他特别嫉恨朝廷里的公卿大臣。等到朱温下令在白马驿杀死裴枢等7个大臣时，李振恶狠狠地对朱温说："这些人自称是清高有名的士大夫，既然如此，就应该把他们投进黄河，把他们这些'清流'变成'浊流'。"朱温大笑，听凭李振摆布去了。

朱温建立（后）梁朝，当上了梁太祖。李振也当上了户部尚书，红了一阵子。

"白马清流"就是从这个故事概括而来的。人们用"白马清流"指清高有德的官吏被害。

白首为郎

典出汉·班固《汉书》

汉代有一个人叫颜驷，他年轻时担任了郎官。许多年过去了，经历了文帝、景帝，一直到武帝当朝，与他同时做官的人都高升了，而颜驷却还是一个小小的郎官。

有一次，汉武帝乘车经过郎署。他看见了颜驷，觉得很奇怪。这个人年纪这么大，须眉花白，满头银发，却只是一个郎官。武帝便问他："你叫什么名字，什么时候开始做郎官的？"颜驷回答："我姓颜名驷，江都人。从文帝时就是郎官了。"武帝又问他："怎么你这么多年没有得到提升呢？"颜驷感叹道："我的运气不好呵。从前文帝喜欢文官，而我却是习武的。到了景帝时，他又喜欢长得英俊的，而我的样子偏偏又生得丑。等到陛下您即位，又喜欢提拔年轻人，我却已经老了，连头发眉毛都白了。就是因为我生不逢时，老是遇不上机会，从未得到过提拔，所以我现在也还只是一个郎官。"

汉武帝听了颜驷的话，很同情他的遭遇。又见他衣服不整的落魄样子，十分感叹。于是，汉武帝就下了一道圣旨，将颜驷从一个持戟守卫宫殿门的小郎官提升为会稽都尉。

后人用"白首为郎"或"白发郎官"的典故形容生不逢时，得不到赏识和升迁。

败军之将

典出《吴越春秋·句践人臣外传》：范蠡曰：“臣闻……败军之将，不敢语勇。”又见《史记·淮阴侯列传》：广武君辞谢曰：“臣闻败军之将，不可以言勇；亡国之大夫，不可以图存。”

楚汉相争时，汉将韩信用背水之阵击败了赵军并俘虏了赵国的广武君李左车。韩信知道李左车是个人才，便向他请教攻燕伐齐的策略。李左车开始不愿说，他对韩信说：“我听说打了败仗的将军，没有资格谈论自己的勇敢；亡了国的臣子，不能希望保存自己的生命。”后见韩信诚心求教，才阐述了自己的见解并被韩信采纳。

后人用“败军之将”的这个典故比喻打了败仗的将军，后常用以讽刺失败的人。

阪上走丸

典出《汉书·蒯通传》：为君计者，莫若以黄屋朱轮迎范阳令，使驰骛于燕赵之郊，则边城皆将相告曰："范阳令先下而富贵"，必相率而降犹如阪上走丸也。

秦朝末年，群雄纷纷割据。原陈胜的部将武臣在夺取赵地后，自号武信君，兵强马壮，引起了赵地周围割据势力的震恐。

一天，一个叫蒯通的人来到范阳城，对范阳令徐公说："我是范阳的老百姓，听说足下快要死了，所以前来吊丧；但是，我也向你祝贺，祝贺你见到我以来就会不死。"徐公惊异地说："你凭什么说我要死呢？"蒯通说："足下为秦国当了十多年的范阳令，不知冤杀了多少人，砍断了多少手足！现在天下大乱，秦国的统治就要结束了，他们难道不报复吗？"

徐公一听，果然害怕起来，连忙又问："为什么见到你就会不死呢？"蒯通说："我来之前，见过了武信君。我对他说，范阳令徐公一心想投靠你，如果你用隆重的礼节对待徐公，然后派出使者四处宣传，其它的城市一定会纷纷投降，就像泥丸在斜坡上滚动一样。这样，你可以不费一兵一卒得到许多地方。武信君接受了我的建议，并派我来见足下。所以，现在足下如果不想死，就只有投靠武信君。”

徐公听后，顿时感到眼前有了一条生路，感激地说：“麻烦您回去通报武信君，就说我已经投降了他。”

蒯通回去后，武信君派来一百辆马车，二百名骑兵带着封侯的印迎接徐公，周围的割据势力知道后，很快就有三十多座城市相继投降武信君。

后人用“阪上走丸”形容形势发展很快，就像斜坡上滚弹丸一样。“阪”：斜坡；“走”：飞快地滚动。

宝珠穿蚁

典出清·马啸《绎史》卷八。

春秋时期，孔子有一次离开卫国，要到陈国去。在路上，孔子看到有两个女子在采桑。孔子一时兴起，就对两个女子吟了一句诗：“南桃窈窕花枝长。”一个女子随口应道："夫子游陈必绝粮。九曲明珠穿不得，归来问我采桑娘。"

孔子到了陈国，不受欢迎。陈国和蔡国的大夫还派兵将孔子围困，并送去一颗九曲明珠让孔子用线穿过去，若穿不过则不解围。孔子和他的学生们无论如何也不能将线穿进，于是他派了最得意的学生颜回和子贡返回来路，去向采桑女请教。

颜回和子贡到了女子家，其家人谎称女子外出了，并奉上一瓜招待二人，聪明的子贡看出这是一个哑谜，他说："瓜，子在内，女子肯定在家里。"采桑女见他猜破自己的哑谜，方才出来见客。

采桑女对二人说："要穿九曲明珠，可用一个办法，把蜜糖涂在珠孔口一边。然后将一只蚂蚁用线拴上，让它去钻没有蜜糖的那边。蚂蚁闻到蜜时，就会拼命地钻过去。若还不肯钻，就用烟熏它。"

孔子按照采桑女说的办法，果然将那颗九曲明珠穿上了线，得以从围困中解脱出来。

后人用此典故形容遭到困厄得以解脱：也可用来咏吟宝珠。

别无长物

典出《晋书·王恭传》：恭曰："吾平生无长物。"南朝·宋·刘义庆所著《世说新语·德行》中说：王恭对曰："丈人不悉恭，恭作人无长物。"

东晋时期，有一个叫王恭的人，字孝伯，他做过大官，曾经担任过丹阳尹、中书令、太子詹事等职。王恭生活非常简朴、清廉，为官正直、敢言。

有一次，王恭随父亲光禄大夫王蕴，从盛产竹子的会稽（今浙江绍兴）到了东晋都城建康（今江苏南京），他的同族王忱去看望他。两人坐在一张六尺长的竹席上，亲密地交谈。王忱很喜欢这领竹席，他心想，王恭从盛产竹子的会稽来到这里，一定带了不少这样的席子。于是便开口向王恭要这张竹席。王恭爽快地答应了，派人把竹席送给王忱。因为王恭只有这一张竹席，所以以后他只好在草席上读书、吃饭。

王忱知道这个情况以后，非常吃惊，感到很过意不去。他找到王恭，非常抱歉地对他说："我原来以为你有好几张竹席，所以才开口和你要了一张，实在没有想到你只有这一张。”王恭回答说：“您太不了解我，我王恭在生活上没有什么追求，从来就没有什么多余的东西。”王忱听动，对王恭的廉洁简朴的美德，更加敬佩。

成语“别无长物”即由以上记述演化而来。长物：指多余的东西。这句成语形容此外再也没有多余的东西了，空无所有。“别无长物”亦称“一无长物”、“身无长物”等。

冰消瓦解

典出《隋书·杨素传》：公以深谋，出其不意，雾廓云除，冰消瓦解。

公元 581 年，北周丞相杨坚夺取了北周政权，建立了隋朝。为了消灭南方的陈朝，统一全国，杨坚命大将杨素为信州（今四川奉节）总管，加紧建造战船，训练士兵，伺机南下灭陈。公元 589 年，隋军大举南下，一举灭掉陈朝，活捉了陈后主叔宝。杨素因功封为越国公。

杨素为人阴险，军纪很严。在他的军中，只要军令一出，将士们稍有违抗便遭杀身之祸；英勇杀敌的，能及时得到封赏。因此，他经常赢得战斗的胜利。文帝杨坚的儿子杨广很赏识杨素的才能，千方百计地把他笼络为私人势力。公元 604 年，杨广杀父篡位。消息传出，引起了宗室大臣的反对。汉王杨凉在并州（今山西太原）起兵对抗。杨素闻讯后，亲自率军还击。杨素的兵力虽处在劣势，但他声东击西，巧妙地运用了战略战术，很快打到并州城下，杨凉被迫投降。

捷报传到京城以后，炀帝杨广十分高兴，亲自写了一道诏书，向杨素表示祝贺和慰劳。诏书中，杨广夸将杨素足智多谋，勇敢善战，兵到之处，“雾廓云除，冰消瓦解”。杨素回京后，被任为太子太师，第二年又升为司徒，改封楚国公。

人们常用“冰消瓦解”比喻完全消失或崩溃。

病卧牛衣

典出《汉书·王章传》：初，章为诸生学长安，独与妻居。章疾病，无被，卧牛衣中，与妻诀，涕泣。其妻呵怒之曰："仲卿！京师尊贵在朝廷人谁逾仲卿者？今疾病困厄，不自激昂，乃反涕泣，何鄙也！"

汉代，有一个人叫王章，字仲卿，泰山巨平人。他在青年时代擅长文学，并因此当了官。后来，当了谏议大夫，在朝廷里直言敢谏，挺有名气。元帝初年，被提拔为左曹中郎将，与御史中丞陈咸相友善，二人同中书令石显不和，被石显陷害，王章被罢了官。成帝即位后，征召王章为谏议大夫，后来又当上京兆尹。当时，帝舅大将军王凤掌管朝政，王章上书说王凤不可重用，结果得罪了王凤。王凤恼羞成怒，陷害王章，使他含冤而死。

当初，青年时代的王章在长安求学，只与妻子一起居住。一次，王章得了疾病，因贫穷无被，睡在乱麻编成的为牛御寒的"牛衣"中，他觉得自己快要死了，就与妻子诀别，哭泣起来。他的妻子生气了，斥责他说："仲卿！现在京师朝廷中的达官贵人中，有哪一个比你有才学？现在得了病，又贫困，你不自己振奋起来，反而哭哭啼啼，是多么没志气啊！"

"病卧牛衣"就是从这个故事来的。牛衣：为牛御寒之物，用麻或草编成，如蓑衣之类。人们用"病卧牛衣"形容士人生活贫困，又得了病，贫病交加。

长门买赋

典出《文选·司马相如〈长门赋〉序》：孝武皇帝陈皇后，时得幸，颇妒；别在长门宫，愁闷悲思。闻蜀郡成都司马相如，天下工为文，奉黄金百斤，为相如文君取酒，因于解悲愁之辞，而相如为文以悟主上，陈皇后复得亲幸。

长门买赋

汉武帝小时候，很喜欢姑母的女儿阿娇，并说若得她做媳妇，要造金屋给她住。后来汉武帝果然与阿娇成婚，立阿娇为皇后。陈皇后仗着汉武帝的宠爱，性格日益娇贵。但后来武帝又宠爱卫夫人，陈皇后非常嫉恨。有一段时间，卫夫人经常生病；有几次还差点死掉。汉武帝细查原因，发现陈皇后因为嫉妒卫夫人，在后宫中请女巫施行巫术。武帝于是大怒，下了一道圣旨，将陈皇后贬于长门宫。

陈皇后贬居长门宫后，非常孤寂痛苦。她回想起当年汉武帝“金屋藏娇”的许诺，觉得也许还可以使武帝回心转意。她听说蜀郡成都有一个才子叫司马相如，是天下写文章的妙手，她想到了一个好办法。

陈皇后派人给司马相如送去黄金百斤，请他为自己写一篇文章来打动汉武帝。司马相如果然为她写了一篇《长门赋》，赋中诉说了陈皇后居长门宫后的悲哀与愁苦，以及她对汉武帝的思念之情。文辞美妙，婉曲动人。

汉武帝读了司马相如写的《长门赋》，很受感动。于是他赦免了陈皇后，与她和好如初。

后人用“长门买赋”的典故形容妇女失宠，心境愁苦忧闷；或用“千金赋”，“卖赋千金”等称誉文章美妙、价值很高。

长卿多病

典出《史记·司马相如列传》：相如口吃而善著书。常有消渴疾。与卓氏婚，饶于财。其进仕宦，未尝肯与公卿国家之事，称病闲居，不慕官爵。

司马相如说话口吃，不擅辞令，但写得一手好辞赋，善于著书立说，写有《子虚赋》、《上林赋》、《美人赋》和《大人赋》等，在社会上享有一定的声誉。他患有糖尿病，身体欠佳。与卓文君结婚后曾一度贫寒，但继而富有钱财。他当官为宦之时，不肯参与官僚之间的闲杂事，也不愿意管理国家的政务，以病为理由长期休养，不想升官发财。

“长卿多病”就是从这个故事来的。一般说来，人们用“长卿多病”形容文人身体欠佳，疾病在身；但是有的时候，可用来比喻文人因仕途坎坷而造成疾病缠身。

楚囚相对

典出《左传·成公九年》：晋侯观于军府，见钟仪，问之曰："南冠而縶者谁也？"有司对曰："郑人所献楚囚也。"

又见《世说新语·言语》：过江诸人，每至美日，辄相邀新亭藉卉饮宴。周侯中坐而叹曰："风景不殊，正自有山河之异！"皆相视流泪。唯王丞相愀然变色曰："当共戮力王室，克复神州，何至作楚囚相对！"

春秋时，楚国进攻郑国，诸侯都来援救；郑国把捉到的一个楚国人钟仪献给晋国。晋景公指着被缚着的钟仪问下属道："他是什么人？"下属回答说："他是郑国送来的楚囚。"

西晋末年，国内十分混乱；北方的匈奴、羯、鲜卑、氐和羌等民族乘机分据中原，争战不休。中原的士大夫，相率过长江，至建康（今南京之南）避难，每逢天气好的日子，这些人常集聚在新亭（今南京西郊）坐在草地上赏花饮酒，周侯（字伯仁）坐在正中，叹息说："风景依旧，但山河变色!”大家都相视流泪。王丞相（名导，字茂弘）十分悲哀地说：“我们应尽力为皇室效忠，收服国土，总不能一点办法都没有呀!”这最后一句的原文是：何至作楚囚相对泣耶!

因此后便将王导所说的话引申为“楚囚相对”一句成语，来比喻处境窘迫而毫无办法的人。

处女遇盗

典出《荀子·富国》：处女婴宝珠，佩宝玉，负戴黄金，而遇中山之盗也，虽为之逢蒙视，诎要桡腘，君卢屋妾，由将不足以免也。

有个少女，脖子上挂着宝珠，腰间佩有玉环，身上带着很多黄金，在山中遇见了盗贼。强盗见财起意，持刀抢劫。少女被吓得魂不附体，不敢正视，急忙弯腰下跪，苦苦哀求，表示愿给强盗作婢妾，然而，强盗还是把她杀了。

后人用“处女遇盗”的这个典故告诫人们：对强盗，对恶人，只能针锋相对地进行斗争。绝不能妥协退让，屈膝投降，幻想敌人的善心、怜悯；否则，就会遭到类似这位少女的可悲下声下场。

风餐露宿

典出宋·苏轼《游山呈通判承议写寄参寥师》：遇胜即徜徉，风餐兼露宿。又见清·吴敬梓《儒林外史》第一回：王冕一路风餐露宿，九十里大站，七十里小站，一径来到山东济南府地方。

风餐露宿

元朝末年，有一个非常光明磊落的人名叫王冕，他七岁上死了父亲，只靠他母亲做些针线活供他到村学去读书。他只读了三年书，就因生活所迫去给隔壁的秦老爹家放牛。在放牛期间，秦老爹给他的点心钱，他一个也不用，积攒起来买书。每天，他都是一边放牛，一边用心苦读，这样过了三四年，他便学到了许多知识，明白了不少道理。有一天，王冕坐在草地上，看见湖里十来枝荷花清水滴滴，煞是好看，便下定决心要学会画荷花。于是，他用积下的钱托人买胭脂铅粉，学画荷花。初时，他画得不好，画了三四个月之后，那荷花精神颜色无一不好，像是湖里长的，又像是才从湖里摘下来贴在纸上的；从此，他以会画荷花而远近闻名。

本县知县得知王冕画荷花的技能出众，便要王冕给他画二十四幅花卉，王冕本不想画，但碍于秦老爹的情面只得给他画了。之后，知县为讨好老师危素，差人下乡要王冕去县衙一会，王冕因鄙视官场生活，根本不去。过后，知县又亲自下乡来请王冕，王冕仍避而不见。为此，秦老爹抱怨道："他是一县之主，你怎的这样怠慢他?"王冕回答说："时知县倚着危素的势力，在这里酷虐小民，无所不为。这样的人，我为甚么要相与他?"接着王冕又对秦老爹说："今知县回去，一定会设计陷害我，我打算外出躲避几时，请秦老爹代为照顾我的母亲。”秦老爹道：“你放心，一切包在我身上。”于是王冕拜辞了母亲和秦老爹，洒泪离别了家乡。

“王冕一路风餐露宿，九十里大站，七十里小站，一径来到山东济南府地方。”半年后，危素回朝当了官，时知县也升任去了，王冕才得以回到家乡。

后人用“风餐露宿”（风餐：在风里吃饭。露宿：在露天睡觉。）形容旅途或野外生活的艰苦。

风声鹤唳

典出《晋书·谢玄传》：决战淝水南，坚中流矢，临阵斩融。坚众奔溃，自相蹈藉投水死者不可胜计，淝水为之不流。余众弃甲宵遁，闻风声鹤唳，皆以为王师已至，草行露宿，重以饥冻，死者十七八。

前秦苻坚率领了百万大军，在淝水一带布阵。等待时机成熟，渡河攻击东晋。那时谢玄被封为建武将军，奉命率兵阻击前秦。谢玄采用突袭的战术，乘苻坚没有准备，亲自率领精兵八千，涉水渡河偷袭。当谢玄率领士兵像飞将军从天而降般的抵达苻坚阵地时，苻坚的兵将不知道来犯敌军的虚实，纷纷急着逃命。被谢玄的八千精兵，打得溃不成军。

“风声鹤唳”就是出于这个故事，形容疑惧惊慌，一有风吹草动就神经极度紧张。

风中残烛

刘因，字梦骥，元时初年睿城（现在河北省容城县）人。他非常聪敏，并且肯下苦功读书。著作有《静修集》、《四书集义精要》等。

他在幼年的时候就死了父亲，一向对母亲很孝顺，成人以后，曾在朝廷任右赞善大夫。后来他因为母亲生病，就辞去了官职，回家侍奉母亲。

不久，朝廷又叫他去做官，他却不愿意再去。有人问他为什么放弃做官的机会，他回答说：“我母亲已经九十岁了，好比是‘风中残烛’，怎么可以远去贪图一时的富贵呢？”

“风中残烛”比喻在风中烧残的蜡烛，容易熄灭。人们用来形容老年人衰老，在世不久的用语。“风中残烛”

也有人叫“风前之烛”；在比喻年老病弱，朝不保夕时又可说成“风烛残年”。

冯唐易老

典出《史记·张释之冯唐列传》：景帝立，以唐为楚相，免。武帝立，求贤良，举冯唐。唐时年九十余，不能复为官，乃以唐子冯遂为郎。遂字王孙，与余善。

西汉有一个老臣，名叫冯唐。他因孝行著称，被推举为朝廷郎中令管辖下的中郎署署长，侍奉汉文帝。有一次，汉文帝乘辇（当时是用人拉的车子）经过郎署，看到冯唐已经一大把年纪了，客气地称他为“父老”（老者的通称），问他家住哪里？是怎样来做郎官的？等等。冯唐虽然年迈，但是挺富有朝气，敢于直言劝谏，批评当时法制。文帝对他有时生气，有时喜欢，竟任他为车骑都尉，管理京师地面和各地方政府的车战之士。

汉文帝死后，汉景帝即位。景帝任冯唐为楚相，后来免了职。汉景帝死后，汉武帝即位。武帝下诏访求贤良方正直言敢谏之士，冯唐又被单荐上来了。冯唐当时已经90多岁，不能再就任官职了。汉武帝就任用冯唐的儿子冯遂为郎官。冯遂字王孙，也是一个难得的人才，他同《史记》的作者司马迁是好朋友。

“冯唐易老”就是从这个故事来的。人们用它表示身体衰老，不能再有所作为。也可用以感叹光阴似箭，人已老去，难以有所作为。

凤鸟不至

典出《论语·子罕》：子曰：“凤鸟不至，河不出图，吾已矣夫！”

传说在舜的时代和周文王的时代，出现过一种神鸟（即凤鸟），它的出现，象征着“圣王”将要出世。同时还流传着一种说法：上古伏羲时代，黄河中有龙马背负八卦图而出。它的出现也象征着“圣王”将要出世。

春秋时期的孔子，对这些传说是相信的。他空有满腹经纶，不被君主重用，因而不免满腹牢骚，认为春秋时期的形势并不那么好。他说：“凤鸟不来了，黄河也不出现八卦图了，我这一生完了！”

凤鸟不至

“凤鸟不至”就是从这个故事来的。人们用它感慨生不逢时，无法实现抱负。

公冶非罪

典出《论语·公冶长》、南朝皇侃《义疏》。

春秋时期，有一个人叫公冶长，他是孔子很赏识的学生，不仅十分聪明，还懂得鸟语。

有一次，公冶长从卫国返回鲁国，走到两国交界处，听见鸟儿们相互招呼，前往清溪吃死人肉。走不多远，公冶长看见一个老婆婆在路上哭，问她哭什么，她说：“我儿子前不久出去了，至今没有回来，恐怕已经死了，不知他在什么地方。”公冶长说：“我方才听见鸟儿们要到清溪吃肉，怕是您儿子吧？”

老婆婆前去一看，果然是她儿子死在清溪边。她将此事报告了村中官吏。村官想：“如果公冶长没有杀人，他又怎么会知道此事呢？”于是将公冶长逮捕入狱。在狱中，公冶长解释自己没有杀人，而是能听懂鸟语，才知道死了人。狱吏说：“那么我们就试试你，如真能听懂鸟语，就释放你；如果听不懂，就让你偿命。”

公冶长被关在狱中六十天。一天，有麻雀飞到狱墙上吱吱喳喳地叫，公冶长听了，脸上现出笑容。狱吏问他笑什么，他说：“麻雀唧唧喳喳地说，白莲水边有一辆装粮食的大车翻了，公牛折断了角，地上的粮食打扫不干净，麻雀互相招呼去啄食。”

狱吏不信，派人去看，果然同公冶长讲的一样。后来又发现他听得懂燕子的言语，于是方信他无罪，将他释放。

后人用“公冶非罪”的典故形容无辜蒙冤或入狱。

功败垂成

典出《晋书·谢玄传》：庙算有遗，良图不果，降龄何促，功败垂成，拊（通“抚”）其遗文，经纶远矣。

谢玄（公元 343～383 年），自幼度，晋代阳夏人，是谢安的侄子。公元 383 年，谢玄受征讨大都督谢安之命，率军抵抗前秦苻坚的百万大军。经淝水一战，把苻坚打得落花流水。他准备乘胜前进，实现统一北方的愿望。后因病去世，时年只有 46 岁。对他的死，人们都感到很惋惜。

《晋书·谢玄传》的作者对谢玄作了很高的评价。作者写道：“由朝廷制定的克敌谋略还没有执行完毕，良好的战略目标还没有实现，可是老天给他的生存年龄是如此短促，使其宏伟的功业在即将成功之际遭到了夭折。抚摸着谢玄的遗文，可以清楚地看到，他筹划治理国家大事的志向，是多么远大啊！”

“功败垂成”就是从这个故事来的。它的意思是，事业即将成功时，却遭到了失败。常带有惋惜之意。

功亏一篑

典出《尚书·旅獒》：呜呼，夙夜罔或不勤，不矜细行，终累大德，为山九仞，功亏一篑。

周武王建立周朝，做了天子以后，四方各国都来朝拜他。当时距离周朝很远的地方有个小国叫西戎。西戎国派使臣来庆贺武王，并送给他一条大狗。这狗有四尺多高，是西戎的土产，武王高兴地收下了。这时候武王身边的太保召公对他说：

“这是您的圣德呀，四方都归服于您，无论远近，都把当地的土产、方物贡献给您。您也应该对他们分封赏赐，把珍宝、玉器赏给同姓之国，以表示信诚。玩物这东西谈不上贵贱的，关键在于德行。无德，物也不值钱；有德，物才显得贵重。盛德要靠自己修养，圣主不可以沉浸在声色之中，把人当作玩物加以戏弄，会丧失德行；把稀罕物件当作玩物加以赏玩，会丧失志气。这就是‘玩人丧德’、‘玩物丧志’。犬马这类东西不是本地所生的，不应畜养它；珍禽异兽没有什么用途，也不该养它；

远来的珍宝不要那么稀罕它，不要人家的东西，人家才会归服你。最要紧的是珍爱贤能之人，这是国家安稳的根本大计呀。君主应该随时积累德行，从早到晚都要想着德行，不能忽视细微的行为，大德都是从小德积累而来的。比如筑起一座九仞高的土山，要一筐土一筐土地堆积。当堆到差不多的时候，只差一筐土就达到九仞高了，可是这最后一筐土你没有加上去，结果就没有堆成。您是一个圣君，如果从这些方面加以注意，就可以世世代代稳坐天下……”

武王听信了召公的劝谏，从此以后专心治理朝政。

成语“功亏一篑”就是由此而来，原意是只差一筐土就没有堆成高山，含有惋惜的意思。后人用它比喻一件事只差最后一点未能完成。

从上面这个故事中还可以引出一句成语：“玩物丧志。”

《尚书·旅獒》中的原文是：“玩人丧德，玩物丧志”。

玩：欣赏、玩弄；丧：失去；志：进取的志向。“玩物丧志”意思是醉心于玩赏某些物件或迷恋于一些有害无益的事情，就会丧失积极进取的志气。

苟延残喘

典出明·马中锡《东田文集·中山狼传》：今日之事，何不使我早处囊中，以苟延残喘乎？

这是一则寓言故事。故事说：战国时候，赵简子在中山这个地方打猎，有只狼被射中了。这只受了伤的狼拼命地逃命。跑着跑着，碰见了一位墨家人物东郭先生。狼苦苦哀求东郭先生救它一命。它见东郭先生背着一个大口袋，便说："今天这种情形，你何不让我赶快钻进袋中，苟延残喘以保性命？"东郭先生经不住狼的哀求，把狼装入了袋中。等到赵简子追来询问狼的下落时，东郭先生推说不知道，骗走了赵简子。可是，狼从袋子里出来以后，竟要吃掉东郭先生。幸亏这时来了一个老农，才设计打死了这只恶狼。

后人用"苟延残喘"的这个典故比喻暂时勉强维持生活。

孤苦伶仃

典出晋·李密《陈情表》：生孩六月，慈父见背；行年四岁，舅夺母志。祖母刘，愍臣孤弱，躬亲抚养。臣少多疾病，九岁不行。零丁孤苦，至于成立。

公元 263 年，司马昭派遣钟会、邓艾等灭蜀之后，第二年他的儿子司马炎就废除魏帝曹奂，建立了西晋王朝。晋武帝司马炎为安抚蜀汉士族，便对汉蜀的旧臣采取笼络收买的怀柔政策，征召他们去洛阳任职。时李密

孤苦伶仃

在徘徊犹豫之中，决定暂时不去。于是以尽孝祖母为名，写了上武帝的《陈情表》。他在《陈情表》中描写他幼年时的生活说：“生孩六月，慈父见背；行年四岁，舅夺母志。祖母刘，愍臣孤弱，躬亲抚养。臣少多疾病，九岁不行。零丁孤苦，至于成立。既无伯叔，终鲜兄弟，……茕茕孑立，形影相吊。而刘夙婴疾病，常在床褥。臣侍汤药，未尝废离。……刘日薄西山，气息奄奄，人命危浅，朝不虑夕。臣无祖母，无以至今日；祖母无臣，无以终余年，母孙二人，更相为命。”（意思是：我生下来才六个月，我慈爱的父亲便去世了。我四岁的时候，舅父劝我母亲改嫁，改变了我母亲守节的志向。祖母刘氏怜悯我孤苦孱弱，亲自把我抚养。我小的时候，常常生病，到了九岁还不能行走。孤单困苦，没有依靠。直到长大成人，还是上面没有叔伯，下面没有兄弟。……单身独立，只有形体和影子互相安慰。并且祖母刘氏早年就有疾病，常常躺在床上，不行能动，我侍奉汤药，不曾离开过她。……〔而今〕祖母刘氏的病日愈沉重，正像太阳快往西山落下去了一样。她人只有一丝儿气了，生命非常危急，早晨都很难料到她能不能活到晚上。我没有祖母，也就没有今天；祖母没有我，她也无法度过晚年。我们祖孙二人是相依为命的啊！）

晋武帝看了他的《陈情表》后，为了维护其“以孝治天下”的幌子，就答应李密的请求，免于应征，并在生活上予以优厚的照顾。

“零丁孤苦”亦作“孤苦伶仃”。

后人用“孤苦伶仃”来形容困苦孤单，无依无靠。

瓜田李下

典出《乐府诗集·君子行》：君子防未然，不处嫌疑间。瓜田不纳履，李下不整冠。《北齐书·袁聿修传》：时邢劭为兖州刺史，别后，遣送白绸为信。聿修退绸不受，与邢书曰：“今日仰过，有异常行，瓜田李下，占人所慎；多言可畏，譬若防川。愿得此心，不贻厚贵。”

唐文宗（李昂）问工部侍郎柳公权近来外面对朝迁有什么议论，柳公权回答说：“自从你派郭枚做了分宁（今陕西分县）的主官以后，虽然有些人赞同，但也有些反对的意见。”文宗有点不高兴，又问：“郭枚是尚父的从子，太皇太后的季父，做官一向没有过失，以金吾大将的身份放任分宁小镇做主管，这还有什么不妥的地方呢？”柳公权说：“按照郭枚于国家的功劳，派做分宁的主官，这是合乎情理的。只是有的人说，郭枚是因为进献了两个女儿入宫才得到这样的官职。”文宗于是说明郭枚的两个女儿进宫，为的是参见太后，并不是献给他的。但柳公权说：“瓜田李下的嫌疑，怎能够使得人人都明白呢？”

柳公权便是唐代的书法家，他当时所说的“瓜田李下”，原是来源于古乐府《君子行》里的两句诗句：“瓜田不纳履，李下不整冠。”意思是说：在瓜田里整理鞋子，容易让人怀疑是偷摘瓜；在李树下面整理帽子，容易让人怀疑是偷摘李子，因而叫人在瓜田里不整理鞋子，在李树下不要整帽子。

后人用“瓜田李下”比喻容易招惹嫌疑的地方。

火烧眉毛

典出《五灯会元》：问：“如何是急切一句？”师曰：“火烧眉毛。”

有人问蒋山法寺禅师道：“对于修行的人来说，应该怎样看待改过从善、求源悟本的紧迫性呢？”禅师非常简洁地答道："火烧眉毛。"

因为眉毛距眼最近，烧眉毛是看得见的最迫近的危险。

后人用"火烧眉毛"的比喻事情紧迫。

击缺唾壶

典出晋代·裴启《语林》：王大将军每酒后，辄咏："老骥伏枥，志在千里，烈士暮年，壮心不已。"便以如意击珊瑚唾壶，壶尽缺。

晋代人王敦（字处仲）曾任大将军，立下赫赫战功。后来，王敦专擅朝政，晋帝怕他，对他不信任。王敦心中闷闷不乐，每当饮酒之后，就吟咏曹操《龟虽寿》一诗中的句子："老骥伏枥，志在千里，烈士暮年，壮心不已。"他一边吟诗，一边用手中的玉如意敲打唾壶，以致敲打出许多缺口。

"击缺唾壶"就是从这个故事来的。唾壶：盛接唾沫的痰盂。人们用"击缺唾壶"形容渴望发挥才能。也可用以形容有志不得伸展，胸中感慨苦闷。

娇生惯养

典出《红楼梦》七十七回：自幼娇生惯养的，何尝受过一日委曲，如今一身重病，一肚子闷气，又没有亲爹娘，她这一走，是不能再见面了。

王夫人怕丫头们教坏了宝玉，于是来了一次大清洗，凡她认为不可靠的统统赶出去。一个名叫蕙香的丫环，聪明伶俐，只因她与宝玉是同日生的，王夫人便认定她是一个“没廉耻的货”，被赶了出去。芳官是个唱戏的，王夫人认定唱戏的女孩子更是狐狸精，被赶了出去。其余唱戏的女孩子们，一概不许留在园里，统统弄出去嫁人。晴雯是侍候宝玉的丫头，她什么罪也没有，只因长得特别漂亮，便安上“妖精”的罪名被逐。宝玉见晴雯正在重病，四五天水米不曾沾牙，硬被从炕上拉了出去，心中极为难受。当着王夫人的面，宝玉不敢多言，王夫人一走，他便倒在床上大哭起来。袭人劝宝玉道：“哭也不中用……太太不过偶然听了别人的闲言，在气头上罢了。等太太气消了，你再求老太太，慢慢的叫进来，也不难。”宝玉说道：“怎么我们私自开玩笑的话太大知道了呢？怎么太太单不挑你（指袭人）和麝月、秋纹的不是呢？”袭人听了这话，低头半日，无可回答。宝玉笑道：“你是头一个出了名的至善至贤的人，他两个又是你陶冶教育的，焉得有什么该罚之处？”袭人细揣宝玉的话，知道宝玉怀疑她告了密，竟不好再劝，因而叹息到：“天知道罢了！此时也查不出人来了，白哭一会子，也无益了。”宝玉听了，冷笑几声，然后说道，晴雯“自幼娇生惯养的，何尝受过一日委曲，如今一身重病，一肚子闷气，又没有亲爹娘，她这一走，是不能再见面了。”说着，越发心痛起来。

后人用“娇生惯养”（娇：宠爱。惯：纵容、姑息）形容从小过分受父母的宠爱和姑息，没有受到教育和锻炼。

家徒四壁

典出《汉书·司马相如传》：文君夜亡奔相如，相如与驰归成都。家徒四壁立。

司马相如是西汉辞赋家，字长卿，蜀郡成都（今属四川）人。他年少的时候喜爱读书、击剑。他原名犬子，后来，他羡慕蔺相如的为人，便改名为相如。他曾在汉景帝和梁孝王手下当过小官吏、梁孝王死后，回老家成都闲居。司马相如家境十分贫寒，生活非常艰难。

司马相如与临邛县令王吉交情很深，于是来到临邛，住在城外的客馆中。王吉经常恭敬地看望司马相如。临邛县一些大财主，见王吉非常敬重司马相如，因此都很想结识他。有一天，大财主卓王孙设宴，请王吉和司马相如一同前来赴宴。司马相如借病推却，王吉亲往相请，他才勉强前往。司马相如举止大方，风雅潇洒，使满座宾客为之倾倒。席间，王吉请司马相如弹琴，相如弹了几曲。卓王孙有个女儿名叫卓文君，新近死了丈夫，在家寡居。她很爱好诗文音乐，听到司马相如悦耳的琴音，见到司马相如的一表人才，产生了爱慕之情。司马相如也很喜欢卓文君的才貌。于是两人决心结成终身伴侣。

为了实现真挚的爱情，卓文君毅然冲破封建礼教束缚，星夜离家私奔司马相如、他俩相亲相爱，返回成都、到了成都老家，卓文君发现司马相如一贫如洗，“家徒四壁”，家中除了四周的墙壁，其余一无所有。大财主卓王孙对女儿的私奔非常愤怒，连一分钱也不肯给他们；为了维持生活，司马相如和卓文君返回临邛，开了一个小酒馆，文君卖酒，相如穿着短裤子打杂。

后经亲友劝说，卓王孙分给卓文君一部分财产，她便与司马相如又回到成都。

后来，司马相如以自己的才学得到汉武帝的赏识，官封中郎将，为开发西南边疆作出了贡献。成语“家徒四壁”即由此而来。徒：只；壁：墙壁。“家徒四壁”亦称“家徒壁立”，意思是说，家中贫乏，空无所有。

后来人们把司马相如家境贫困的“家居徒四壁立”，引伸为“家徒壁立”或“家徒四壁”，比喻家中只见墙壁，空无所有的贫困情况。

将信将疑

典出唐·李华《吊古战场文》：人或有信，将信将疑。

唐玄宗李隆基时，封建统治集团对内实行残酷的剥削和压迫，对外不断发动战争，天宝十四年（公元755年）又爆发了安史之乱。战争给人们带来了灾难，不少人家妻离子散，家破人亡。当时，有一个叫李华的人，

将信将疑

字遐叔。他二十一岁进中士，官至吏部员外郎。安禄山攻陷长安时，李华被俘，并被迫接受了凤阁舍人的官职。安史之乱平息以后，他被贬为杭州司户参军，后来辞职隐居。

李华目睹了战争给人民带来的灾难，写了一篇《吊古战场文》，借描写一个古战场的凄惨情景，对战争进行了谴责。文中写道：天下民众，谁无父母？谁无兄弟？谁无夫妇？他们生前没有受到帝王的什么恩惠，为什么要害他们呢？他们存亡死活，家里人都不知道。有人传来消息，家里人将信将疑。大军之后必有荒年，人民又要流离失所。怎样才能避免这种祸害呢？只有实行王道，使四夷各为天子守土。

后人用“将信将疑”指不敢轻信，有些相信又有些怀疑。

尽善尽美

典出《论语·八佾》、《论语·述而》：子谓韶："尽美矣，又尽善也。"谓武："尽美矣，未尽善也。"

孔子三十五岁那年，鲁国国内发生动乱，君臣之间争权夺势，闹得百姓不得安生。孔子怕遭到灾祸，也带着少数几个弟子逃到齐国。

齐国的国君和大夫对孔子很尊敬，盛情地款待他，并且请他欣赏音乐。

有一天，齐国的乐人专门为孔子演奏"韶"的乐章，很得孔子的欢心。他听得入了迷，竟一连许多天都在回味着"韶"的音律，把肉的味道都忘记了。他一遍又一遍地说：

"真想不到呀，音乐感人之深竟能达到这样的地步！"

这时候有人问孔子说：

"先生，韶乐您欣赏过了，武乐您也听了，现在请您发表一下看法，是韶乐好呢？还是武乐好啊？"

孔子不加思索地说：

“当然是韶乐好呀，它的声音、旋律美极了，而且表达的意思也极好！至于武乐嘛，当然声音也是很不错的，但意思不够美呀……”

因为韶乐是虞舜时代的乐曲，孔子向往那个时代，所以极力赞美韶乐；武乐是周武王时代的乐曲，因为周武王的天子之位是由讨伐商纣而来，孔子不赞成，所以对武乐也有看法。

成语“尽善尽美”就是由此而来，意思是形式和内容、外表和实质都好到了顶点，后来人们用它形容事物达到最美好的境地。

井井有条

典出《荀子·儒效》：井井兮其有理也。一本作“井井兮其有条理也”。

荀况又称荀卿，是我国古代杰出的唯物主义哲学家之一，战国末期赵国人。战国末期，由于封建经济的发展，又经过长期的兼并战争，一个全国统一的局面正在形成。荀况的思想，反映了实现统一集权的进步要求，并从理论上为地主阶级建立中央集权制造舆论；他对春秋战国以来的各派学说进行了研究和总结，有批判，有吸收，提出了一套完整的理论。著有《荀子》一书，现存三十二篇。

《儒效》是荀况论述“大儒”与“俗儒”的对立，着重阐述“大儒”即荀况理想中的地主阶级政治家、思想家的政治作用的一篇文章。在这篇文章中，荀况尖锐地批判了以孟轲为代表的“俗儒”，借“大儒”来抒发自己致力于社会变革，实现统一天下的政治理想。他认为，只有重用“大儒”，才能达到“天下为一，诸侯为臣”的封建统一局面。但是，由于阶级和历史的局限性，荀况过分夸大了所谓“圣人”的作用，把“圣人”说得完美无缺、形象高大，是实现封建统一的决定因素。

荀况说：那些被称之为圣人的人们，办事是那样的井井有条；意志是那样的坚定不移，始终如一。他们安然自若，是那样长久不息；光明磊落，能够清醒地运用智谋；端正不邪，其行动是那样地附合礼义。……用最好的最完备的方法治理国家，任何事物都不能使他动摇，这就叫做圣人。圣人就是天下道的总汇。

后人用“井井有条”的这个典故比喻有条有理。

景差为相

典出《说苑·政理》：景差相郑，郑人有冬涉水者，出而胫寒。后景差过之，下陪乘而载之，覆以上衽。晋叔向闻之曰："景子为人国相，岂不固哉！吾闻良吏居之，三月而沟渠修，十月而津梁成，六畜且不濡足，而况人乎？"

景差在郑国当相国时，有个郑国人在严冬季节，赤着双脚蹚水过河。待走出水面后，两条小腿已经冻僵了。

恰好景差坐车过来，连忙把这个人扶上自己随从的车子，又给盖上一件衣裳。

晋叔向听说后，议论道："景差身为相国，实在低能。我常听人讲，贤德的官吏所管辖的地方，三月就要疏通河沟渠道，到十月就得修复渡口桥梁，六畜尚且不再淌水，何况人呢？"

后人用"景差为相"的这个典故告诉人们，作为一个地区或一个国家的领导人，为全体人民着想，从根本上解决问题，而不能头痛医头，脚痛医脚。景差作为相国，如能教国人早把桥梁修好，全国的人民都不会在冬季涉水渡河了。

立锥之地

典出《史记·滑稽列传》：今秦失德弃义。侵伐诸侯社稷，灭六国之后，使无立锥之地。

春秋时，楚国著名艺人优孟与楚相孙叔敖很好。后来，孙叔敖得了重病，临死前叫来儿子说："我死后没有财产给你，你一定要受穷的，那时你就找优孟，说是孙叔敖的儿子。"说完就闭上了眼睛。

几年后，孙叔敖的儿子果然十分贫困，只好靠打柴度日。一天，他在路上碰见优孟，就对他说："我是孙叔敖的儿子，父亲临死前告诉我，贫困时找你。"优孟说："我替你想想办法吧。"

优孟回到家里，找来一套孙叔敖生前留下的衣服穿上，练习孙叔敖的言行举止，直到练得非常相像，才去见楚庄王。楚庄王见了后，吃惊地说："孙叔敖，你不是死了吗？怎么还活着？"隔了一会儿，楚庄王又说："既然你还活着，那么还是当相国吧。”优孟说：“我回家与妻子商量一下，如果她同意，三天后来上任。”

三天后，优孟又扮作孙叔敖的样子来见楚庄王。楚庄王问他说：“你妻子的意见如何？”优孟摇摇头说：“妻子叫我最好不要当相国，说我忠心耿耿，廉洁奉公，辅佐楚王你称霸天下，可现在儿子连锥尖那么一点儿土地也没有，穷得靠打柴为生，当这样的相国，还不如死了的好！”说完，优孟脱下孙叔敖的衣服，现出本来面目，又唱起了歌：“山里的农夫苦啊，连食物也没有！贪婪的官吏钱多啊，竟不顾羞耻！奉公守法的官吏，一生没做过坏事，像孙叔敖那样，相国当来又做什么？”

楚庄王被优孟的表演深深打动，立即召来孙叔敖的儿子，封给他一块有四百户人家的土地。

后人用“立锥之地”形容极小的地方；以“无立锥之地”形容穷得一无所有。

呕心沥血

典出《新唐书·李贺传》：（贺）为人纤瘦，通眉，长指爪，能疾书。每旦日出，骑弱马，从小奚奴，背古锦囊，遇所得，书投囊中。未始先立题然后为诗，如它人牵合程课者。及暮归，足成之。非大醉、吊丧日率如此。过亦不甚省。母使婢探囊中，见所书多，即怒曰："是儿要呕出心乃已耳。"

唐朝时有一个叫李贺的诗人，字长吉，是李唐宗室。自幼便很聪明，能诗能文，有"神童"之名。长大后，上京参加进士考试，由于文士们对他的才情的嫉妒，受到种种压抑，结果落第，从此对功名冷淡，专心于吟诗作文。

他作起诗来，不先立题目，而是每天一早骑了一匹瘦马，叫个书童背了锦囊（丝织的手袋）跟在后面，遇到了好的题材，便即写成诗句，放在锦囊里，回到家里，才把它整理写成佳篇。

李贺身体向来不好，他母亲见他天天从早到晚的奔波，很是担心，故每天等到李贺回家，便要查看他锦囊，若是见到诗句太多，便忍不住责骂他道："你这孩子如此下去，终有一天要连心血都呕出来！"唐宪宗时，李贺做了协律郎（调和乐器音律的官），据说某日白天他见到一个穿红衣的人拿了一块板，板上写着："上帝成白玉楼，召君作记。"（意思是：上帝建成了一座白玉楼，召你去写一篇记）便死了，那时还只二十七岁呢！

后来的人便根据这个故事中李贺母亲所说的话，演化为“呕心沥血”一句成语，用来比喻做一件事情苦思苦想，用尽心血。呕，吐也；沥，滴也；呕心沥血，即是用尽心思，连心和血都呕吐出来。

蓬头垢面

典出《元曲选·秋胡戏妻》：似这般蓬头垢面，不让人家笑话么？

钜野县鲁家庄有个寡妇刘氏。她身边只有一个儿子

处女遇盗

名叫秋胡。她的邻居罗大户有个女儿叫做梅英。经媒说合，秋胡与梅英结为夫妻。成婚之后，媒人因嫌谢礼太少，便从中挑拨。她对梅英说："姐姐一表人才，当初应选一个财主，有吃有穿，一生受用，而今嫁给这个秋胡，穷困艰苦，看你今后怎样过活？"梅英道："至如他釜有蛛丝甑有尘（意思是：就是他穷得锅底朝天，甑上有灰尘），我也愿意。"媒婆之言，梅英根本不听。

结婚不久，秋胡便从军服役去了。债主李大户趁机来向罗大户逼债，想借此机会把梅英弄到手。罗大户因无钱偿还，李大户便摆出一副财主的架式说："既无钱还债，就把你的女儿梅英嫁给我，以了此债。"他还造谣说："你女婿已经死了，你女儿又这么年轻，总不能老守活寡呀！若嫁给我李某，不但你女儿一生吃穿不愁，你这个当岳父的也可跟着享清福哇。"经他这么一说，罗大户便动心了。

罗大户来到刘家对刘氏说："秋胡已死，我女儿年轻，不能守寡！而今李大户要娶梅英，他自家牵羊担酒送礼来了。"刘氏无法，只得叫梅英梳妆打扮。她对梅英说："虽然秋胡不在家中，你是个年轻姑娘，也该梳梳头，收拾收拾呀！似这般蓬头垢面，不让人家笑话么？"梅英说道："你儿不在家已五载十年了，妇道人家也该识个好歹高低呀！"婆媳俩正在说话之间，李大户偕同罗大户及罗大户的老婆，带着一班人吹吹打打，鼓乐喧天地到鲁家庄娶亲来了。梅英对李大户的卑劣行为极为反抗，她坚决而愤怒地对他父母说：“要儿改嫁，要等那日从西边升起！”此时李大户死皮赖脸地对梅英说：“小娘子不要多言，我这模样可长得不丑呀。”梅英听了，好不气愤，啪的一声，一巴掌打在李大户脸上。并且骂道：“你有钱，你有势，怎敢反我穷人欺，我虽穷，有骨气，你敢把我良家妇来调戏，滚滚滚，去去去，凤凰岂肯乌鸦配。”李大户见势不妙，只好暂时退去，妄想另找机会报复。

事后不久，秋胡便告假回家探亲来了。

秋胡入伍后，屡立奇功，现在已官至中大夫了。他告假回家，走到自己的桑园时，看见梅英正在采桑，便更衣去戏弄他的妻子。他说：“小娘子，左右无人，我央求你，采桑不如嫁郎，你就顺了我吧。”梅英怒骂道：“你这厮，太无礼了。你待要偕比翼，你也曾听杜宇它那里口口声声撺掇先生，不如归去。”秋胡还要和他纠缠，被梅英痛骂了一顿。

梅英夫妻团圆之后，秋胡便令钜野县官严惩李大户。县官立即捉拿李大户归案，将他重打四十大板，关押三个月，罚粮一千石，用于救济饥民。

后人用“蓬头垢面”表示头发蓬松散乱，脸上有很多污垢，用来形容头发很乱，脸上很脏的样子。

披星戴月

春秋时，鲁国有一个人姓宓名不齐，字子贱，他是孔子的弟子。有一次到单文地方去做县官，他坐在公堂上，一面弹着琴，一面吩咐他的僚属办理公事，自己从来不出衙门，却能把单文治理得很好。后来宓子贱离职，巫马子期去做单文的县官，巫马子期很勤劳，工作非常认真。他天还没有亮披着星星出门，一直到月亮很高才回来。无论什么事情，不分日夜，都要亲自去办理，所以也把单文治理得很好。

巫马子期觉得自己治理单文，费了许多劳力和精神才能办理好，宓子贱整天只是坐在堂上弹弹琴，也能把单文治好，有点不明白其中的道理，于是跑去见宓子贱，问道：“你每天只弹弹琴就能治理单文，我看你一点也不觉得劳苦呢?”宓子贱回答他说：“我是任用能干的人，你是亲自去费精力的；任用能干的人替我办事，我自然就安逸了，你样样事情都要亲自去做，那自然就辛苦了。”子期说：“噢！我的施政方法，实在还不够呢！”

由这个故事，后人把子期早上披着星出去，晚上载着月回来，引申为“披星戴月”这句成语，形容早出晚归或连夜奔波，极其辛劳。

疲于奔命

典出《左传·成公七年》：巫臣自晋遗二子书曰：“尔以谗慝贪婪事君，而多杀不辜，余必使尔罢于奔命以死。’

“罢”，是“疲”的古字，疲乏力竭的意思；奔命，

疲于奔命

是闻命令而疾走奔赴。

春秋时期，有一次楚国围攻宋国，获得了胜利。楚军班师回国以后，大将子重自以为有功劳，向楚庄王要申邑、吕邑两个地方的田地，作为对他的封赏。楚庄王答应了他的要求。可是掌管申邑的申公巫臣，却极力反对，他对楚庄王说：

“申邑和吕邑不能赏给子重呀，我们要靠这两个地方的赋税养兵，防御来自北方的敌人。没有了申邑和吕邑，晋国、郑国必然要来侵犯我们，那怎么办呢?”

楚庄王听信了申公巫臣的话，改变了主意。子重没有得到封赏，对申公巫臣非常怨恨。

后来，楚庄王死了，楚共王即位。这时候申公巫臣已经到了晋国，作了晋国的刑大夫。子重和子反合伙杀了巫臣的全部家族，并且夺去了所有财产、妻妾。巫臣得到这个消息，就从晋国给他俩写来一封信，信中说：

“你们这两个家伙戕害忠良，贪得无厌，杀了那么多无辜的人，实在可恶。你们等着吧，我必定叫你们奔波疲竭而死!”

于是，巫臣来到吴国，并且从晋国带来九乘车和二十五个人，教给吴国的士兵如何射箭，如何防守，如何排列阵势，如何攻打楚国。又叫自己的儿子为吴国通风报信，传递军事情报。经过一番准备以后，吴国出兵讨伐楚国，并且又向楚国的附属国巢地和徐地进攻，逼得子重来回急奔。吴兵攻占了楚国的州来城，子重又奔命来救。由于巫臣教会了吴兵作战的方法，吴兵在这一年内向楚国发动了七次进攻，楚国的子重、子反在这一年内，也奔命了七次。结果吴国扩大了许多地盘，成了强国。

“疲于奔命”现在多用它形容因为忙于奔走应付而弄得精疲力尽。

气息奄奄

典出晋·李密《陈情表》：刘日薄西山，气息奄奄，人命危浅，朝不虑夕。臣无祖母，无以至今日；祖母无臣，无以终余年，母孙二人，更相为命。

公元263年，司马昭派遣钟会、邓艾等灭蜀之后，第二年他的儿子司马炎就废除魏帝曹奂，建立了西晋王朝。晋武帝司马炎为安抚蜀汉士族，便对汉蜀的旧臣采取笼络收买的怀柔政策，征召他们去洛阳任职。时李密在徘徊犹豫之中，决定暂时不去。于是以尽孝祖母为名，写了上武帝的《陈情表》。他在《陈情表》中描写他幼年时的生活说："生孩六月，慈父见背；行年四岁，舅夺母志。祖母刘，愍臣孤弱，躬亲抚养。臣少多疾病，九岁不行。零丁孤苦，至于成立。既无伯叔，终鲜兄弟，……茕茕孑立，形影相吊。而刘夙婴疾病，常在床褥。臣侍汤药，未尝废离。……刘日薄西山，气息奄奄，人命危浅，朝不虑夕。臣无祖母，无以至今日；祖母无臣，无以终余年，母孙二人，更相为命。"（意思是：我生下来才六个月，我慈爱的父亲便去世了。我四岁的时候，舅父劝我母亲改嫁，改变了我母亲守节的志向。祖母刘氏怜悯我孤苦孱弱，亲自把我抚养。我小的时候，常常生病，到了九岁还不能行走。孤单困苦，没有依靠、直到长大成人，还是上面没有叔伯，下面没有兄弟……单身独立，只有形体和影子互相安慰。并且祖母刘氏早年就有疾病，常常躺在床上，不行能动，我侍奉汤药，不曾离开过她。……而今祖刘氏的病日愈沉重，正像太阳快往西山落下去了一样。她只有一丝儿气了，生命非常危急，早晨都很难料到她能不能活到晚上。我没有祖母，也就没有今天；祖母没有我，她也无法度过晚年。我们祖孙二人是相依为命的啊！）晋武帝看了他的《陈情表》后，为了维护其"以孝治天下"的幌子，就答应李密的请求，免予应征，并在生活上予以优厚的照顾。

后人用“气息奄奄”来比喻人或事物接近死亡。

千载难逢

典出唐代韩愈《潮州刺史谢上表》：（亦作“千载一时”）当此之际，所谓千载一时不可逢之嘉会。

韩愈，是唐代的一位大文学家，字退之，河南河阳（今河南孟县南）人。因自称郡望是昌黎（今河北昌黎），故后世也称他为韩昌黎。韩愈自幼好学，长大后通六经百家之学，但早年不得志。二十五岁中进士后，近三十岁时才被宣武节度使董晋征为属官，以后官至吏部侍郎。中间几次受贬谪。

唐宪宗元和十四年（公元 819 年），韩愈因上表反对唐宪宗迎佛骨，被贬为潮州刺史。到任以后，他给唐宪宗上了《潮州刺史谢上表》，感激宪宗对他的宽恕。文中极力歌颂唐宪宗。他劝唐宪宗去泰山举行“封禅”仪式（这是古代帝王祭天地的一种最隆重的典礼，统治阶级可以借此抬高身价），并认为这是千载难逢的一个（抬高身价的）好时机。

后人用“千载难逢”即一千年也难逢到一次的这个典故比喻机会难得与可贵。

青蝇吊客

典出《三国志·吴书·虞翻传》注：翻放弃南方，云“自恨疏节，骨体不媚，犯上获罪，当长没海隅，生无可与语，死以青蝇为吊客，使天下一人知己者，足以不恨”。

虞翻（公元164～232年），字仲翔，三国时期东吴会稽余姚人。他在孙策手下任过职，也在孙权手下效力，孙权任他为骑都尉。虞翻为人狂放不拘，敢于直言劝谏，常常惹得孙权不高兴。有一次，孙权与张昭谈论神仙之道。虞翻喝碎了酒，指着张照说：“你们都是死人，却谈论什么神仙。世上哪有什么仙人!”孙权对虞翻怀恨已久，气不打一处来，就把虞翻流放到交州（广东、广西南部）。虽然身在流放当中，虞翻讲学不倦，门生多达数百人。又潜心钻研古籍，为《老子》、《论语》、《国语》作注。

虞翻被放逐到南方后，说："我悔恨自己忽略礼节，不会奴颜媚骨地巴结人，所以得罪了上方权势人物，命该长期流落在荒远之地了。我活着无人可以交谈，死后只有青蝇附体，作为吊唁的宾客，如果天下有一个人了解我，就足以无憾了。"

"青蝇吊客"这一典故就是从这个故事中"死以青蝇为吊客"一语而来的。它的意思是，生前无知己，死后也只有青蝇附身，作为吊唁的宾客。人们用它形容境遇悲凉，也可指死后寂寥。

倾筐倒箧

典出《世说新语·贤媛》：王右军郗夫人谓二弟司空、中郎曰："王家见二谢，倾筐倒庋；见汝辈来，平平尔。汝可无烦复往。"

晋朝太尉郗鉴很喜欢他的女儿，一心要替她选个好丈夫，听说司徒王导的儿子和侄子们都很优秀，就叫一个学生去替他的女儿做媒。这人把这意思当面和王导说了，王导请他到东边厢房里去看哪一个少年可以中意。

这人看过后，回去告诉郗鉴说："王家的几位少年都很好。听说我要替你选女婿，个个都装模作样的走过来，极力想表现自己；只有一个人露着肚子躺在东边的床上，自由自在的吃东西，好像不知道这回事一样。"郗鉴一边听着，一边想着，忽然喜道："这正是我的好女婿吗？"他放心不下，又亲自去看，果然满意，便把女儿嫁给了这少年。这个少年便是王导的侄子，大名鼎鼎的大书法家王羲之。

郗氏和王羲之结婚后，有一天她回娘家去，对她的两个弟弟说："王家的人看见谢安和谢万来，立时把筐子里、柜子里收藏着的食物都拿出来招待……"

后来人们便根据这句话，凡是看见有人拿出了所有的东西，或说出了所有的话，就说他是"倾筐倒箧"。

穷愁著书

典出《史记·平原君虞卿列传》：虞卿既以魏齐之故，不重万户侯卿相之任，与魏齐间行。卒去赵，困于梁。魏齐已死，不得意，乃著书，上采《春秋》，下观近世，曰《节义》《称号》《揣摩》《政谋》，凡八篇。以刺讥国家得失，世传之曰《虞氏春秋》。

太史公曰："……虞卿料事揣情，为赵画策，何其工也！及不忍魏齐，卒困于大梁，庸夫且知其不可，况贤人乎！然虞卿非穷愁，亦不能著书以自见于后世云。"

战国时期，有一批依靠出谋划策在诸侯国之间游说，寻求官职的政客。其中有一个人叫虞卿，在赵国当了上卿。可是，他碰上了一件很棘手的事情。

虞卿有一个朋友，叫魏齐，在魏国当丞相。魏齐和中大夫须贾陷害和毒打颇有才能的范雎，而范雎却死里逃生，当上了秦国的丞相。范雎决定发兵攻打魏国，下决心要杀掉魏齐。魏齐害怕了，急忙逃到赵国，躲在平原君的住处。可是，秦王很器重范雎，要为他报仇。秦王又逼迫赵王交出魏齐，赵王立即派兵包围了平原君的住处。魏齐惊慌失措，连夜跑去找虞卿。虞卿觉得赵王不会改变主意，于是自动交出自己掌管的卿相大印，和魏齐一块儿从小路逃跑。他料想诸侯中没有可以投靠的人，就逃到魏都大梁，打算通过信陵君的关系投奔楚国去。但是，信陵君惧怕秦国，犹豫不决，未肯立即接见，魏齐愤怒至极，拔刀自杀了。虞卿看着魏齐自杀而不能救他，精神受到严重的打击。在穷困不得意的情况下，他开始著书，上采孔子《春秋》，下观当代政事，写了

《节义》《称号》《揣摩》《政谋》等8篇，针砭时政，评论各国得失。他的书，被世人传作《虞氏春秋》。

司马迁评论说："虞卿预料事态、揣摩情理，替赵国出谋划策，何其周到啊！可是，事情轮到自己头上，他却显得很笨拙：由于不忍心魏齐被害，采取了错误的做法，终于造成了困于大梁的后果。凡夫俗子都知道这样做是行不通的，何况贤明的人呢！看来，虞卿如果不是穷困愁闷，也不会著书立说留传于后世了。"

"穷愁著书"就是从这个故事来的。司马迁说"非穷愁不能著书自见于后世"这句说时，不但替虞卿惋惜和不平，而且也是他用以自况的牢骚话。"穷愁著书"的意思是，到了穷困忧愁的境地，才开始著书。可用它指称穷困学人从事著述，含有壮志难酬、郁郁不得志的意义。

穷酸饿醋

典出元·王实甫《西厢记》第五本第三折：与了一个富家，不枉了，却与了这穷酸饿醋。

唐朝裴度少年时，非常贫穷，到了衣食不周、无以为生的地步。他的远房叔叔对他说："裴度，你父母双亡之后，你不成半器，不肯寻些买卖营生做，你每日则是读书。我想来你那读书的'穷酸饿醋'，有什么好处？几时能够发迹也？"裴度受了这番奚落，又羞又愤，想想实在活不下去，于是奔出去寻死。这时，一个能够看得见鬼怪的道士见到他，只见他背后、左右跟随着许多饿鬼、穷鬼，百般地戏侮裴度，心里知道，裴度必定要穷饿至死，为时已不远了，心中暗暗地为斐度叹息。谁知傍晚，裴度从城里回来时，道士看见跟随、纠缠裴度的饿鬼一个也不见了，只见一些锦袍玉带的神，有的为裴度前导，有的为裴度侍卫，而裴度也神采奕奕，晦气尽去。道士觉得非常奇怪，于是便邀裴度进屋坐，献茶献饭，然后从容问他一天的经历，裴度说：他在山神庙拾到一条玉带，那玉带嵌金线，镶宝石，非常珍贵，心想：这样贵重的东西遗失了，人家不知多着急呢！于是坐着等待失主。那失主原来是一家被冤枉坐牢的大官，他派管家拿玉带去进献权贵，求昭雪冤案的，如果失去玉带，一家子就没命了。这下子得裴度还带，感谢之情自不必说了。道士听罢，叹息道："裴度相公，你这行为已立刻感动上帝了，你不但不会饿死，还前途无量呢！"后来，裴度果然成了唐朝一位有名的贤宰相。

后人用"穷酸饿醋"的这个典故比喻生活贫苦还自

命清高，实在酸得可以。“穷酸饿醋”是穷文人的贬义代称，现在简称“穷酸”。

穷途之哭

典出《晋书·阮籍传》：时率意独驾，不由径路，车迹所穷，辄恸哭而返。

阮籍，字嗣宗，魏时尉氏人，是竹林七贤之一，喜欢研究庄子和老子的学说。最好喝酒，时时和山涛、刘伶、嵇康、向秀、王戎、阮咸等饮酒作诗。性格放荡不羁，不肯和达官贵人们结交，也不愿作官。为了欢喜饮酒的缘故，他特地到步兵营里去当校尉，因步兵营有他们自己制造的酒，味道很好，特别

穷途之哭

香醇。阮籍喝酒，不醉不休，喝醉了，叫人推着车子到山里游玩，到了时候很晚，不能继续玩下去，往往大哭着回家，所以当时的人，都说他疯狂。

后人用“穷途之哭”描写路的尽头，无处可走的悲哀与痛苦，或指令人悲哀的末路。

曲突徙薪

典出《汉书》：臣闻客有过主人者，见其灶直突，傍有积薪。客谓主人：“更为曲突，远徙其薪，不者且有火患。”主人默然不应。俄而家果失火，邻里共救之，幸而得息。于是杀牛置酒，谢其邻人。灼烂者在于上行，余各以功次坐，而不录言曲突者。人谓主人曰：“向使听客之言，不费牛酒，终亡火患。今论功而请宾，曲突徙薪亡恩泽，焦头烂额为上客耶？”主人乃寤而请之。

我听说过这样一个故事：有一个人去探望朋友，看到朋友家里炉灶上的烟筒砌得太直，旁边又堆着干柴，他便对主人说：“要把烟筒改成弯曲的形式，并且把柴堆移得远些。不这样，将会引起火灾。”主人听了默不作声。不久，主人家的房子果然着了火，邻居都赶来抢救，幸好把火扑灭了。于是主人杀牛备酒，酬谢他的邻居。被烧伤的人都坐在上席，其余的人也按出力的大小依次入座，却没有请那个建议他改灶搬柴的客人。这时，有人对主人说："如果你听了那位客人的话，不但不要破费牛酒，房子也不会引起火灾。今天，你论功请客，怎么可以忘记那位劝你改灶搬柴的朋友呢？难道提出预防意见的人没有功劳，只有救火受伤的人才能当上宾吗？"主人听了，这才醒悟，去请了那位客人。

这个故事说明：防患于未然，十分重要。但是，人们往往重视抢救，而忽视预防；重视筋骨之劳，而忽视筹划之功。

燃眉之急

典出《三国志通俗演义·诸葛亮舌战群儒》：近闻玄德弃新野，走樊城，败当阳，奔夏口，无容身之地，有燃眉之急。

汉献帝时，曹操作丞相，挟天子以令诸侯，专权恣肆达到顶点，各地汉室的皇族，见曹操专权恣肆，都起来反抗，这时东吴孙权，也独立不听号令。曹操想统一天下，依次打败了刘表、刘琦，与刘备在新野等地交战，刘备因地狭兵少，无法支持。孙权见曹操大兵压境，也有点惶恐起来，派鲁肃到刘备那里，探听消息，并和刘备商议，刘、孙两方联合起来，共同抵抗曹操。但是孙权的文臣们，见曹操兵力强大，不敢抵抗，都主张投降。因此，鲁肃邀请诸葛亮同赴东吴，游说孙权出兵。诸葛亮到东吴以后，孙权帐下的谋士，纷纷起来和他辩驳。张昭是谋士中的领袖，他带着责问的口气对诸葛亮说："我们很久以前已知道先生居住在隆中的时候，常常拿自己来比喻战国时的管仲、乐毅。管仲相桓公，使桓公成为诸侯的盟主，乐毅替燕出兵伐齐，攻下七十余城，现在刘备得到你之后，不但不能帮助他强大起来，反而失去了新野，丢弃了樊城，富阳长城吃了败仗，又逃到夏口去，像燃眉一样的焦急，你哪里比得上管仲、乐毅的万分之一呢？"

后人用"燃眉之急"比喻事情万分危急。

忍辱负重

典出《三国志·吴书·陆逊传》：国家所以屈诸君使相承望者，以仆有尺寸称，能忍辱负重故也。

陆逊是三国时期吴国的著名将领，曾任荆州牧、丞相等官职。

公元221年，蜀主刘备为了从孙权手里夺回战略要地荆州，为结拜兄弟关羽报仇，亲自率领部队攻打东吴。战争开始，蜀军接连取得胜利，深入吴境达五、六百里，一直打到夷陵（今湖北省宜昌市东），连营数百里，声势十分浩大。吴主孙权任命年轻有为的陆逊为大都督，带领五万人马，前往迎战。陆逊在吴将中资历较浅，归他指挥的诸将如朱然、潘璋、宋谦、韩当、徐盛、鲜于丹、孙恒等，有的是跟随孙氏征战多年的老将，有的是皇亲贵戚。他们都很傲慢，对年轻的书生陆逊当上大都督，很不服气，甚至不肯服从陆逊的命令，陆逊十分着急。

有一次，陆逊召集众将，他手中紧握宝剑，高声说道："刘备天下知名，连曹操都有些怕他。现在他率大军进攻吴地，是我们的强敌，决不可以轻视他。希望众位将军以大局为重，同心协力，共同消灭来犯之敌。我虽然是个书生，但主上任命我为大都督，你们只好服从。主上之所以委屈诸位将军，使你们屈尊于我，就是因为我还有一点微薄的能力，能够忍受屈辱，挑起重担。今后，希望你们各负其责，不容推辞，军令如山，违者必按军法从事。”经陆逊这么一说，诸将心中虽有不服，但行动上再也不敢违抗。

陆逊指挥军队坚守七、八个月之久，一直不与刘备决战。后来，蜀军疲惫，骄傲轻敌，陆逊乘机利用顺风进行火攻，大破蜀军，歼敌万余人，取得夷陵之战的重大胜利。刘备败退白帝城，不久病死。从此，东吴诸将十分佩服陆逊的才能。

成语“忍辱负重”即由此而来，意思是能忍受屈辱，担负重任。

尸居余气

典出《晋书·宣帝纪》：司马公尸居余气，形神已离，不足虑也。

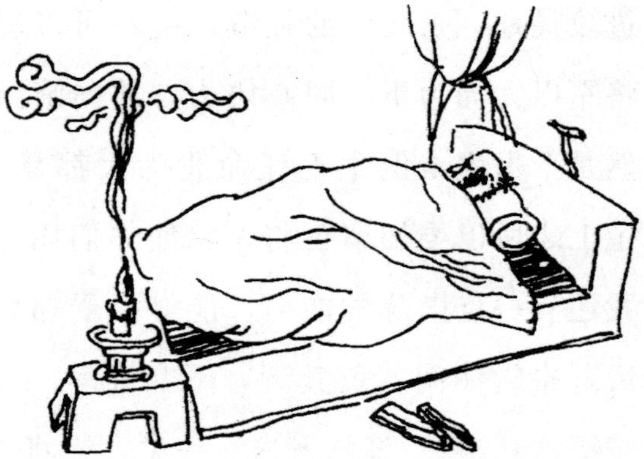
风中残烛

魏废帝嘉平时，曹爽当了大将，掌握了全国的军权，骄奢无度，任情恣肆地享乐，当时很多人向他规劝，他都不听，他所恐怕的只有太傅司马懿。

那时河南主官李胜，是曹爽的亲信僚属，他被调任到荆州去做刺史时，知道曹爽最怕的是司马懿，便向司马懿去辞行，想顺便侦察司马懿的行动。司马懿特地装出生病的样子，叫两个婢女扶持着，衣服一半落在地上，用手指指口，表示口渴，婢女给他吃粥，他装出没有气力去接碗的样子，就用口在婢女手上喝着吃，粥都流在胸前的衣服上。李胜见他这个样子，说："我以为是你的老毛病复发，哪里晓得你的身体衰弱到这个地步呢?"司马懿有气无力地说："我年老多病，就要死了，你要到并州去，并州地方接近胡人，你要好好的防备，我恐怕不能再和你见面了，我的儿子，请你好好的照顾他们。"李胜说："我是去荆州，不是并州。"司马懿故意的胡言乱语了一阵，李胜见他神智不清，回去报告曹爽说："司马懿尸居余气，形神已离，大概就快死了，不必忧虑他了。”

后人用这“尸居余气”，意思是说一个人已接近死期；也形容人暮气沉沉，碌碌无为。

食玉炊桂

典出《战国策·楚策三》：苏秦之楚，三日乃得见乎王。谈卒，辞而行。楚王曰：“寡人闻先生，若闻古人。今先生乃不远千里而临寡人，曾不肯留，愿闻其说。”对曰：“楚国之食贵于玉，薪贵于桂，谒者难得见如鬼，王难得见如天帝。今令臣食玉炊桂，因鬼见帝。”王曰：“先生就舍，寡人闻命矣。”

战国时期，著名说客苏秦经常到各个国家宣传自己的政治主张，希望人家采纳。有一次。苏秦到了楚国，等待3天才被楚王召见。苏秦大侃一通之后，再没有话可说了，就向楚王告别，准备离开楚国。这时，楚王开口了，对苏秦说：“寡人久闻先生大名，如同听到古代贤人一样如雷贯耳。如今先生不远千里而来赐教寡人，竟然不肯留在楚国，我想知道这是什么原因。”苏秦回答说：“楚国的食物比珠玉还贵，柴火比桂木还贵；为宾客传讯的官吏像鬼一样难以见面，大王像天帝一样难以接近。我这次来，您是让我食珠玉烧桂木，通过小鬼去见天帝啊。”楚王似有所悟，对苏秦说：“先生请到客馆安歇吧，寡人明白您的意思了。”

“食玉炊桂”就是从这个故事中“今令臣食玉炊桂”一语而来的。人们用它形容物价昂贵，生活困难。

死生存亡

典出《左传·定公十五年》：十五年春，邾隐公来朝。子贡观焉。邾子执玉高，其容仰。公受玉卑，其容俯。子贡曰：“以礼观之，二君者，皆有死亡焉。夫礼，死生存亡之体也。将左右周旋，进退俯仰，于是乎取之。朝祀丧戎，于是乎观之。今正月相朝，而皆不度，心已亡矣。嘉事不体，何以能久？高仰，骄也；卑俯，替也。骄近乱，替近疾。君为主，其先亡乎。”

春秋时期，人们特别重视礼仪。诸侯国互相交往中，如果言行举止不合乎礼的规范和要求，就会受到批评和议论。

公元前495年（鲁定公十五年）春天，邾国国君邾隐公前来朝见鲁国国君鲁定公。孔子的学生子贡也应邀参加观礼。邾隐公高高地举着玉器，仰着脸，态度很傲慢；鲁定公接受玉器时，显得很卑微，他低着头，双眼无神地望着地面。对这种场面，子贡很看不惯，他说："以礼来观察这件事，我认为这两位国君，都快要死亡了。礼，是生死存亡的主体。人的一举一动，或左或右，以及进退俯仰，都要符合礼的规定，朝会、祭祀、丧事、征战等，更要用礼的标准加以观察。如今两位国君在正月里互相朝见，而都违背礼仪，这表明他们的心里都不存在礼了。朝会不符合礼仪，凭什么能够长久呢？邾隐公把玉器举得太高，并且仰着头，这就是骄傲；鲁定公低着头，两眼看着地面，这就是衰颓。骄傲引起动乱，衰颓等于疾病。鲁定公是主人，恐怕他要先死去的。"事有凑巧，这年夏天，鲁定公果真死了。

"死生存亡"这一典故就是从这个故事"死生存亡之体也"一语而来的。它的意思是说，或者生存，或者死亡。人们常用它比喻情势十分危急，已经到了非生即死、非存即亡的关键时刻。

四分五裂

典出《战国策·魏策一》：张仪为秦连横，说魏王曰：“魏地方不至千里，卒不过三十万，地四平，诸侯四通，条达辐凑，无有名山大川之阻。从郑至梁，不过百里；从陈至梁，二百余里；马驰人趋，不等倦而至梁。南与楚境，西与韩境，北与赵境，东与齐境，卒戍四方，守亭障者参列，粟粮漕庾，不下十万。魏之地势，故战场也。魏南与楚而不与齐，则齐攻其东；东与齐而不与赵，则赵攻其北；不合于韩，则韩攻其西；不亲于楚，则楚攻其南，此所谓四分五裂之道也。”

战国时期，魏国有一个名叫张仪的人，是一个舌辩之士。当时，苏秦游说六国合纵以抗秦，张仪则以连横之说，策动六国背弃合纵之约，而共同侍奉秦国。

有一次，张仪劝谏魏王说：“魏国领地，方圆不到千里，兵卒不超过 30 万，地势四面平坦，四周与诸侯国相连，这些国家像树枝一样分布在魏国的周围，他们到魏国去，既直接又便当，没有名山大川的阻隔。从郑国到魏国，不超过百里；从陈国到魏国，只有200多里。马驰人跑，不等疲倦就到了魏国。魏国南与楚国接壤，西与韩国接壤，北与赵国接壤，东与齐国接壤，士卒戍守四方边界，驻守堡垒的人排成了队列，军粮通过水路运进水漕仓，其数量不少于10万石。魏国的地理形势，本来就是一个天然的战场。如果魏国同南方的楚国联合而不联合齐国，那么齐国就进攻它的东面：如果联合东方的齐国而不联合赵国，那么赵国就进攻它的北面；如果不同韩国联合，那么韩国就进攻它的西面；如果不亲近楚国，那么楚国就进攻它的南面，这就是所谓四分五裂的道路。”张仪说了半天，无非是劝说魏王侍奉秦国，同其他国家绝交。至于他说的一番话是否真有道理，那就另当别论了。

“四分五裂”就是从这个故事来的。人们用它形容不统一、不完整、彻底分裂的局面。

四面楚歌

典出《史记·项羽本纪》：项王军壁垓下，兵少食尽，汉军及诸侯兵围之数重，夜闻四面皆楚歌，项王乃大惊曰："汉皆已得楚乎？是何楚人之多也！"

项羽和刘邦原来约定以鸿沟（在今河南荥阳县）东西两边为界限，互不侵犯。后来刘邦听从张良和陈平的规劝，觉得应该趁项羽衰弱的时候消灭他，就又和韩信、彭越、刘贾会合兵力追击正在向东开往彭城（即今江苏徐州）的项羽部队。公元前202年12月，汉王刘邦率领汉军，将项羽的楚军重重包围在垓下（今安徽灵壁东南）。楚军长期被困，粮食，乞尽，几次突围，都未奏效。一天夜里，包围在四周的汉军阵地上，传来了阵阵歌声。项羽侧耳一听，大吃一惊！原来汉军唱的尽是楚地民歌。项羽号称西楚霸王，不仅楚地是他的大后方：而且楚军中最精锐的八千名江东子弟兵，也都是楚地人。楚霸王听到这四面楚歌，暗想："汉军难道完全占领了楚地？他们哪来的这么多的楚人?!"其实，这四面楚歌，是刘邦的谋士张良为了涣散楚军的军心，故意叫士兵们学唱的。楚军士兵听到四面楚歌，也都以为家乡被汉军占领了。有的为乡音感动，引起共鸣，也哼唱起楚歌；有的思念父老乡亲、妻子儿女，竟然泣不成声。楚军经不起这四面楚歌的攻心战，逃的逃，降的降，最后突围时，跟随在楚霸王后面的只有八百来人，到了乌江，仅剩二十余名骑兵，而追赶的汉军却有好几千人。楚霸王终于在乌江边自杀了。

后来人们用“四面楚歌”形容穷途受困，四面受敌，处境孤危。

铤而走险

典出《左传·文公十七年》：今大国曰：“尔未逞吾志。”敝邑有亡，无以加焉。古人有言曰：“畏首畏尾，身其余几？”又曰：“鹿死不择音。”小国之事大国也，德则其人也；不德则其鹿也，铤而走险，急何能择？命之罔极，亦知亡矣。

铤而走险

春秋时期，诸侯大国之间争当霸主，战乱不断。在此形势下，诸侯小国处境困难，经常处于进退两难的尴尬境地。

公元前610年（鲁文公十七年），晋灵公为了壮大力量以争当霸主，便在扈地会合诸侯。当时，晋灵公认为郑穆公和楚国有勾结，不肯和郑穆公相见。为了缓和郑国与晋国的矛盾，免受无妄之灾，郑国执政大夫子家给晋国的执政大夫赵盾写了一封信，派掌管通讯的官吏携带书信送往晋国，以表明郑国对晋国的态度。这封信说，我们郑国对晋国一向很尊敬，很友好。郑穆公即位3年以来，多次殷勤地侍奉晋国国君，郑国的大夫臣子，也不失时机地朝见晋国国君，并且以郑国的实际行动，带动和影响陈、蔡等国，使他们虽然靠近楚国却不敢对晋国有二心。郑国作为一个小国，如此周到地侍奉晋国，已经无以复加了。

子家在信中又写道："现在大国说：'你没能让我如愿以偿。'照这样说，我们郑国惟有灭亡，无法再加筹码侍奉贵国了。古人曾经说：'怕头怕尾，身子还能剩下什么呢？'古人又说：'鹿在临死时不选择庇荫的地方。'小国侍奉大国，如果大国能以礼相待，小国就会以人道相事；如果大国不能以礼相待，小国就会像临死的鹿一样，采取冒险行动，紧急之时哪里还顾得了许多？贵国的命令反复无常，我们也知道面临灭亡了。"

“铤而走险”就是从这个故事来的。铤：快跑的样子。走险：奔赴险处。人们用“铤而走险”形容无路可走而采取冒险行动。

同舟共济

典出《孙子·九地篇》：敢问兵可使如率然乎？曰：“可。”夫吴人与越人相恶也。当其同舟而济，遇风，其相救也，如左右手。

有人问军事家孙武：“怎样才能不被敌人击败呢？”

孙武回答他说：“你见过蛇吗？你如果打蛇的脑袋，蛇会用尾巴来打你；你打蛇的尾巴，它会用头部来攻击你；你若是打蛇的腰部，它就用头、尾一齐来攻击你。打仗用兵也要像蛇反击猎手一样。所以善于布阵的人，也要将军队摆成蛇一样的阵式，头尾能互相救援，使全军成为一个整体，互相能够照应，才不会被敌人击溃、打散……”

“那么军队的将士们能够像蛇那样，首尾合成一体，互相救援吗？”那人又问。

孙武告诉他说：

“这是不必担心的，战争的形势迫使军队必须这样。比如说，吴国和越国是敌国，两国的人互相敌视，仇恨很深。但是当他们同乘一条船渡海，遇到大风大浪，眼看就有船翻人亡的危险时，他们马上互相救援，如同人的左右手一样，早已忘记吴国和越国是世代为仇的国家。连互相为敌的人在危难时都能彼此相救，何况没有冤仇的将士呢？所以军队必然会像蛇一样成为一个整体，首尾相顾，彼此救援的。”

“同舟共济”原意是大家同坐一条船渡过江河，后来用它比喻在危难的环境中，大家同心协力战胜困难。

万死一生

典出《汉书·司马迁传》：夫人臣出万死不顾一生之计，赴公家之难，斯已奇矣。

唐太宗李世民，帮助父亲唐高祖李渊，打下唐朝的天下，这个战斗的过程是很艰苦的。隋朝末年，义军风起云涌在全国各地冒出了头，李渊奉旨到山西、河东充抚慰大使，他的任务就是镇压起义军。李世民那时才十八岁，便参加对义军作战了。他们对起义军的称号是“群盗”，要讨捕盗贼。这些“盗贼”虽被疯狂镇压，但越镇压越反抗，渐渐的从分散而集中，并在李密、窦建德、杜伏威以及孟海公、郭子和等的领导下，对隋朝军队，开始了强大的反攻，黄河下游及江淮间广大的地区，几乎全被起义军控制住了。留守在太原的李渊，虽是隋朝的官，但并非亲信，隋炀帝杨广还派了人在太原监视他的行动。

李世民看到天下大势，就劝父亲说：“现今盗贼一天天的多起来，遍天下俱是，您奉诏讨贼您能讨得尽吗？您讨不尽还是有罪的。”李世民就这样日夜在父亲面前怂恿，要父亲起兵自立。李渊终被这个儿子说动，就拉拢豪强地主，在太原起兵，立国号为唐。

这时隋朝已经是满身疮痍，到处有起义来的义军，江南、河北、遍地俱是。而罗艺、薛举、李轨、刘武周这些人物，眼看隋朝大势去矣，也纷纷叛变自立。

李世民认清了与义军为敌，是有百害而无一利，于是从镇压起义军转而利用了义军。隋炀帝这时已在扬州被他的亲信宇文化及等谋杀，隋朝跟着就覆亡了。于是展开了唐军的统一战争，这是李世民大显身手的一段光辉活动的时期。

首先，李世民击败了薛仁杲（薛举的儿子）而降服之，控制了整个的陇东地区。接着又打败了刘武周等人。

李世民父子的唐朝政权，在王世充、窦建德两个集团溃灭后，更加巩固了。紧接下来是剿灭剩余的义军，和防御突厥颉利可汗。但李世民统一宇内的愿望终于达到了，他能知人用人，当他做秦王的时期，他的秦王府里，都是些三山五岳的人马，如尉迟敬德（铁匠出身）、秦叔宝（小吏出身）、张亮（农民出身）、李靖、李勣（贵族出身），还有的是山东贵族，有的是教授生徒的儒生，有的是驰名的文士。再加上房玄龄、杜如晦等，李世民和这些人出生入死，身经无数战役，才把天下打定。

后来李世民和他的哥哥太子建成，弟弟齐王元吉，演出了一幕玄武门政变，哥哥弟弟都死了，秦王李世民不久就接下了李渊的皇位，于是成为贞观皇帝，后世的唐太宗。他说昔日房玄龄从我定天下，备尝艰苦，出万死而遇一生。

后人用“万死一生”形容多次经历死亡危险而幸存，指历经难以想象的艰险而逃生。

王猛卖畚

典出《晋书·王猛传》：（王猛）少贫贱，以鬻畚为业。尝货畚于洛阳，及有一人贵买其畚，而云无直，自言家去此无远，可随我取直。猛利其贵而从之，行不觉远，忽至深山，见一父老，须发皓然，踞胡床而坐，左右十许人，有一人引猛进拜之。父老曰：“王公何缘拜也！”乃十倍偿畚直，遣人送之。猛既出，顾视，乃嵩高山也。

王猛卖畚

东晋十六国时期，前秦国北海剧县有一个人，叫王猛（公元 325～375 年），字景略。他得到前秦国君主苻坚的信用，在将相群中是个出类拔萃的人物。

王猛出身贫家，幼年时卖畚为业。有一次，他到洛阳卖畚，有一个人要买畚，给的价钱很高，却说没有带钱来，家离此不远，叫王猛跟着他去取钱。王猛贪图价钱高，就跟随那个人去了。走着，走着，并不觉得走多远，突然发现已经走到深山之中。只见一个老翁，胡须和头发都白了，在床上坐着，两边有十来个随从。有一个人带着王猛去拜见老翁。老翁说："王公为什么要下拜呢！"于是，用10倍的价钱还给王猛，又派人将他送出。王猛出门后，回头一看，背后原是嵩高山。

"王猛卖畚"就是从这个故事来的。畚：用草绳或竹篾编织的盛物器具。人们用"王猛卖畚"或"洛阳货畚"形容士人生活贫寒，仕途坎坷。